おれは一万石

麦の滴

千野隆司

目次

高浜
利根川
小浮村
高岡藩
高岡藩陣屋
銚子

↑白沢・柳林・阿久津河岸へ
久保田河岸
▲筑波山
下妻藩
鯉川
小貝川
関宿
鬼怒川
牛久
春日部
野田
取手
柏
流山
三郷
木颪
川口
松戸
白井
江戸川
鎌ヶ谷
隅田川
江戸城
行徳
日本橋行徳
新川
小名木川

おもな登場人物

井上（竹腰）正紀……美濃今尾藩竹腰家の次男。高岡藩井上家世子。
竹腰勝起……正紀の実父。美濃今尾藩の前藩主。
竹腰睦群……美濃今尾藩藩主。正紀の実兄。
山野辺蔵之助……高積見廻り与力で正紀の親友。
植村仁助……正紀の供侍。今尾藩から高岡藩に移籍。
井上正国……高岡藩藩主。勝起の弟。
京……正国の娘。正紀の妻。
児島丙左衛門……高岡藩国家老。
佐名木源三郎……高岡藩江戸家老。
桜井屋長兵衛……下総行徳に本店を持つ地廻り塩問屋の隠居。
井上正棠……下妻藩藩主。
井上正広……正棠の長男。
青山太平……高岡藩徒士頭。
彦左衛門・申彦……高岡藩小浮村村名主とその息子。

おれは一万石
麦の滴

第一章 本家の意向

一

欄干に擬宝珠を置いた日本橋川に架かる江戸橋を、井上正紀と家臣の植村仁助は北へ渡った。所用で遠類の旗本家へ行った帰り道である。

行き交う人は多い。老若のお店者や職人、武家や僧侶の姿まである。人足ふうや無宿人と思しい者の姿も少なくなかった。

無宿人らしい者たちは、身なりも貧し気で、ひげや月代も伸び放題といっていい。どこか荒んだ眼差しをしていて、あてもなくうろついている。行き来する娘や若い女房は、それらを避けて行き過ぎた。

橋袂の広小路には屋台店もあるが、藁筵の上に腰を下ろし、物乞いをする者が目につくようになった。近頃町に出ると、物乞いや無宿者の姿を見ない日はない。

「おい、町方の同心だぞ」

と声が上がると、それまでしおらしく物乞いをしていた者たちの、目の色が変わる。膝前にある小銭の入った欠け丼を手に、一目散に逃げ出した。捕えられれば、痛い目に遭わされるだけでは済まない。佐渡へ運ばれ、水汲みなどさせられたらたまらないと思うからだろう。

しかし同心や岡っ引きが姿を消すと、また現れる。何事もなかったように物乞いが再開された。

打ち続く凶作で、東北は飢饉となった。食い詰めた者たちが、次々に江戸へやってくる。天明七年（一七八七）の四月になった。

天候不順で、春の訪れは遅かった。それでも桜は咲き、散っていった。伊勢町堀の土手で、躑躅が咲き始めている。紅や緋、紫、白や絞りなど色とりどりだ。その艶やかな花の色を目にして、井上正紀は少しばかりほっとした。

堀に沿って、河岸の道を歩いてゆく。片側には商家が並んでいて、舂米屋や塩、醤油を商う店、小間物屋、古着屋などが続いていた。

「どこも品薄で、物の値が上がっていますね。貧しい者は、豆腐一丁を買うにしても、考えてしまうのではないでしょうか」

　店の中に目をやっていた植村が言った。

「まったくだ。飢饉や凶作で、江戸に入る品が少なくなった。しかし暮らしに欠かせぬものは、買わなければならぬからな。どうしても、物の値は上がってしまうのであろう」

　正紀が応じた。ただ高値が続けば、市井の者は買い物を控えるようになる。節約は悪くはないが、物の売れ行きは悪くなるばかりだ。商いがうまくいかなければ、人を雇うことも少なくなる。

土手には仕事にあぶれた人足や無宿人ふうが、座り込んでいた。

「しかし金は、あるところにはあるのですがねえ。値の張る龍野の淡口醬油は、売れているわけですから」

　植村はため息を吐いた。

「いかにもそうだ。あれは質の良い品だから、求める者は多い。たくさん売ることで、藩士領民の暮らしが成り立つようにいたさねばならぬ」

　正紀は、下総高岡藩一万石井上家の世子という立場にいる。まず考えるのは、いつもそれだ。

昨年、高岡藩の米の出来高は、飢饉や凶作といわれた東北諸藩や下野、常陸の諸藩と比べればまだましだった。しかしそれでも例年の七割ほどの収穫で、藩財政は逼迫した状態が続いている。

藩士からは、二割の禄米借り上げを行っていた。実質的には、二割の減俸といってよかった。

この窮状を脱するために、正紀は知恵を絞った。領地高岡は、利根川に接している。利根川は多くの支流を持ち、東北や北関東の物品を運ぶ水上輸送の大動脈として機能しているが、これを利用しようと考えた。

高岡河岸を、物流の中継点として活用する企みだ。江戸から運ばれた物資を、鬼怒川や小貝川、霞ケ浦や北浦、銚子方面に向かう荷船に積み分ける。そのための河岸場として機能させることを考えたのである。

困難はあったが、今は下り塩と龍野の淡口醤油が江戸から運ばれ、高岡河岸を経由してさらなる遠隔地へ運ばれるようになった。人影もまばらだった高岡の村が、活気づいてきたのである。

河岸場の発達によって、藩は運上金や冥加金といったこれまでにはなかった収入を得られるようになったが、それだけではない。村には雇用も生まれた。納屋の番人や荷運びの仕事。立ち寄る船頭や水手、商人の食事の世話など、村人には新たに銭を得る手立てができたのである。

「高岡河岸を、もっと大きくするぞ」

「ぜひ、そうしたいものでございます」

正紀の言葉に、植村が応じた。

伊勢町堀の水面を、日本橋筋の問屋が仕入れた荷を積んだ荷船が通り過ぎる。艪音も賑やかだ。晩春の日差しが、眩しく見えた。水のにおいを、大きく吸い込んだ。

正紀は、美濃国今尾藩三万石当主竹腰勝起の次男として生まれた。兄睦群がいるので、継嗣にはなれない。そこで高岡藩主井上正国の娘京と祝言を挙げた。

一万石は、大名として遇されるぎりぎりの禄高だ。一石でも減封があれば、旗本として扱われる。それでもあえて、小藩に飛び込んだ。

義父となった正国は、実父勝起とは兄弟である。二人は尾張徳川家八代宗勝の十男と八男で、正紀は実父の弟、つまり叔父の家に婿に入った。尾張徳川一門の出だから、もっと大きな藩に婿入りすることも可能なはずだったが、藩財政が逼迫した小藩でこそ、己の力が発揮できると考えた。

植村は今尾藩の藩士だったが、正紀の婿入りに従って高岡藩に移った。しくじりを正紀に庇ってもらった経緯があるので、植村はそれに恩義を感じている。

「おい、あれは何だ。おかしな者がいるぞ」

正紀は、穀類を扱う店の前にいる二十歳前後のお店者ふうを指さして言った。小柄で胸も薄く肩幅もない男だ。いかにもひ弱そうで、目が悪いらしい。丸眼鏡をかけていた。

それが店先で帳面を片手になにやら書き込んでいる。

顔を近付けないとよく見えないらしく、一つ一つの商品について、身を乗り出して検める。そして品について、さらに帳面に何かを書き足していた。夢中な様子でなかなか動かない。しかし品を買う気配はうかがえなかった。

居合わせる、他の者など気にしない。店や客にしてみれば、場所を塞ぐ邪魔な存在だろう。

「商売の邪魔だ。買わないならば、場所を空けてもらおうじゃないか」

手代が声をかけた。

「は、はい」

ちらと目を向ける。逆らいはしなかったが、それでどくわけではなかった。見ようによっては、ずうずうしくも感じる。品調べに気を取られているから、他の客や通行人とぶつかることは度々だ。

「何しやがる、このやろう」

怒声が上がった。地廻りふうの男が、丸眼鏡の男をどやしつけていた。肩でもぶつかったらしかった。

「こりゃあ、すみません」

丸眼鏡は一応謝ったが、すぐに顔を商品に向けた。地廻りふうの男の方は、これに腹を立てたらしかった。

「てめえ、嘗めやがるのか」

顔を赤くしていた。地廻りふうは二人連れだ。いかにも屈強そうな体つきをしている。荒んだ空気もまとっていた。ぐいと、薄い肩を摑んで顔を向けさせた。

「嘗めるだなんて」

非力な丸眼鏡は、されるがままになっている。しかしそれで怯む様子はなかった。なぜ怒っているのか得心がいかない、といった眼差しを向けていた。

地廻りふうは、それでさらに怒りを募らせた。

「このやろう」

言い終わらないうちに、丸眼鏡の体は地べたにたたきつけられていた。手にしていた帳面と筆が飛んでいる。

「わあっ」

という声が周囲から上がった。通行人は、遠巻きになってこの出来事に目をやっている。初めから見ていた者にしてみれば、丸眼鏡も無礼だと思っているかもしれない。止めに入る者はいなかった。

「ふざけやがって」

地廻りふうが丸眼鏡の尻と太腿を蹴り上げた。力が入っている。

「ひいっ」

さすがに丸眼鏡も悲鳴を上げた。次は顔を殴られた。鼻血が出ている。丸眼鏡が飛びそうになって、慌てて手で押さえた。

ただ地廻りふうは、それでも気が済まないらしかった。再び太腿を蹴った。

無礼を咎めるのはともかく、ここまでくると明らかにやりすぎだった。このまま続ければ、大怪我をしそうだった。

「おい」

正紀は、植村に目をやった。止めるように指図をしたのである。

「もうやめろ」

前に出た植村が言った。植村は、巨漢である。腕は丸太のように太い。力士といってもよい体つきをしていた。

「な、なんだ」

地廻りふうは巨漢の二本差しが現れたことで、驚きを目に浮かべた。しかし止められたことは、気に入らないらしかった。

さらに蹴ろうとした足を、植村は腕で払いあげた。男は地べたに尻もちをついた。

「さんぴん」

もう一人の地廻りふうはすごんで見せたが、殴りかかっていくわけではなかった。

「お、覚えていやがれ」

捨て台詞（ぜりふ）を残すと、起き上がったもう一人と共に、走り去っていった。

「しっかりしろ」

正紀は声掛けをし、飛ばされた帳面と筆を拾ってやっている。

「あ、ありがとうございます」

丸眼鏡は痛みで顔を歪（ゆが）めている。目には涙をたたえていた。正紀は、懐から手拭いを出して男に与え、鼻血を拭かせた。

「立てるか」

「い、いや」

立とうとするが、すぐには起き上がれない。

住まいはどこだと尋ねると、日本橋本町三丁目だという。熊井屋という両替屋の跡取りで房太郎という者だと名乗った。起き上がるのもままならないので、植村が背負って行ってやることにした。本町三丁目ならば、遠い場所ではなかった。

本町通りは、大店老舗が櫛比している大きな通りだ。

熊井屋は、その道筋にある最も小さな店だった。間口は二間（約三・六メートル）しかなかった。この通りは何度も通っているが、ここに両替屋があるとは気が付かなかった。

斜め前にある大きな薬種問屋には、通るたびに目を留めていた。

「こ、これはどうも」

敷居を跨ぐと、奥にいた四十代半ばの羽織姿の男が飛び出してきた。房太郎の父で熊井屋の主人房右衛門だった。

「まったく、しょうがないねえ。またかい」

そういって奥から出てきたのは、六十代後半とおぼしい婆さんだ。房右衛門の母おてつである。運んでくるに至った事情を正紀が説明すると、向こうからそれぞれ名乗った。

「ありがとうございます。お止めいただいただけでなく、わざわざここまで運んでいただいて」

二人は深々と頭を下げた。

両替屋だから、店内に商品を置いているわけではない。大小の天秤秤（てんびんばかり）や分銅が置かれていた。

房太郎が自分で、傷口に軟膏を塗り始めた。

「もったいないからね。塗りすぎるんじゃないよ」

おてつが叱りつけるように言った。茶を運んできたが、においもなく、色がついているだけの湯だった。茶菓はない。この婆さんは物言いこそ丁寧だが、吝（しわ）いらしかった。

「ところでその方は、いったい何をしていたのか」

正紀は気にかかっていたことを、房太郎に問いかけた。

「うちは、三貨の両替を中心に商いをする脇両替の店です。私は市中の物の値動きで、今後の三貨の両替相場の動きを探ろうとしていました」

房太郎は言った。

世に流通しているのは、小判のような金貨、五匁銀などの銀貨、そして一文銭や四文銭などの銭貨である。おおむね金貨は武家が用い、銀貨は商取引に、市井の者が物品を買い入れる場合は銭貨を使った。天下の台所である大坂は銀貨の流通が多く、武家の町である江戸は金貨が用いられた。

とはいっても市井の者は、江戸や大坂にかかわらず銭貨を使う。職人などの賃金も、銭貨で受け取った。

ただ豆腐一丁を、小判で買うというわけにはいかない。それで三貨を両替する商いの者が現れた。これが両替屋である。

両替屋と一口に言っても、一種類ではない。三貨の両替だけでなく、金銀の貸付、預金、手形に関する業務までを行うのが本両替といった。大坂の両替商とも連絡を取って、遠隔地の商品の代金を為替での支払いに代えることもした。本両替は、大商いをする両替商で、多いときには江戸市中に四十軒ほどあった。

熊井屋は、このような大商いの店ではない。三貨の両替を中心にして手数料を取る、脇両替と呼ばれる店だった。享保三年（一七一八）には江戸市中の両替商が六百軒に制限されたが、その後少しずつ増えて、今では六百四十軒ほどになった。

「ただ手数料を取るだけでは、面白くありません。三貨のどれかの値が安いときにはそれを買って、高くなったら売ります」

「相場、というわけだな」

三貨の交換比率は、一定ではない。その折々の状況によって変動する。

「はい。三貨の値動きは、物の値の動きと重なります。ですからいろいろな店を回って品を検め、値を確かめて帳面に記載していました。たとえ一つ一つの値動きは小さくても、それを寄せ合わせてじっくり見ると、三貨のこれからの値動きが見えてきます」

「それで夢中になって、他のものが見えなくなったわけだな」

房太郎の不審な動きの意味が、これでようやくわかった。

「そうなんですよ。でもね、それで余所（よそ）のお店や人に迷惑をかけて、怒鳴られたり、殴られたりすることがあるんです。それでもこの子は懲（こ）りなくて、本当に困ったもんです」

おてつはため息を吐いた。

「まあ、気をつけろ。場合によっては、金では贖（あがな）えぬような取り返しがつかぬことになるぞ」

「はい」

身動きをすると痛いらしい。顔を歪めながら房太郎は返事をした。

二

高岡藩上屋敷の敷地内には、剣術道場がある。藩士やその子弟が、稽古を行った。

もちろん世子である正紀も、ここで稽古をした。

今尾藩竹腰家の部屋住みだったときには、麹町の神道無念流戸賀崎暉芳の道場に通った。ここで免許を得たのである。この道場では、北町奉行所の高積見廻り与力を務めている山野辺蔵之助と稽古を重ね、戸賀崎門下の精鋭と呼ばれた。

山野辺とは昵懇の間柄になったが、今は境遇も違って、ともに稽古をする機会はほとんどなくなった。

小大名とはいえ世子ともなると、勝手な暮らしはできない。当主の正国は大坂定番という役についていて、江戸にはいない。正紀は藩主の代役を務める役目を担っていた。

気軽に戸賀崎道場には通えないので、通常は藩邸内の道場で稽古をした。藩士相手だと、向こうはどうしても遠慮をする。それは面白くなかった。

けれども今日の稽古は、気合が入った。好敵手が現れた。

常陸下妻藩井上家一万石の世子正広が、共に稽古をしていたからだ。高岡藩と下妻藩は、三河浜松藩六万石井上家の分家である。親しい縁戚といっていい間柄だった。

正広は正紀よりも二つ下の十六歳だが、小野派一刀流を学んで、免許の腕となっていた。

昨年の七月、当時はまだ存命だった将軍家治公の御前で、木刀による試合を行った。そのときは、僅差で正広が勝利した。

正紀が高岡藩井上家に婿入りして、正広とは縁戚関係となった。これを機に、ごくたまにだが、互いに稽古をすることになった。腕前は、五分と五分といってよかった。

この稽古の様子を、正紀の妻女京と高岡藩江戸家老の佐名木源三郎が見ていた。

「力が入りましたな。どちらも、腕を上げたのではござらぬか」

佐名木が言った。佐名木はいつも仏頂面をしていて、藩政の面では、正紀の考えの甘いところ、思慮の足りないところを厳しく突いてくる。

煙たい存在ではあるが、口にすることは間違いではないので、信頼できる重臣だと思っていた。

高岡河岸の開発では、正紀の大きな後ろ盾になった。佐名木がいなければ、河岸場は夢のままだった。

正紀の高岡藩への婿入りは、すべての藩士から歓迎をされたわけではなかった。正紀は尾張徳川家の血を引いている。今の当主である正国も尾張藩の出で、二代続いて尾張徳川家一門が当主となることになった。

寄らば大樹の陰と、賛同する者は多かった。だからこそ進められた縁談だが、これを面白くないと思う家臣も少なからずいた。高岡藩の国家老や下妻藩の江戸家老もそうだった。いや本家の浜松藩井上家にも、これを好まず排除したいと考えている者が少なからずいた。

佐名木はそんな中で、正紀がしたいと願ったことの後押しをしてくれた。耳に痛い言葉もあったが、すべてがなるほどと受け入れられる内容だった。

その佐名木が、褒めてくれたのは嬉しかった。

「いやいや。何度も、冷や汗をかきましたよ」

面小手を取った正広は、そう言って白い歯を見せた。十本の稽古試合を行って、結果は五本ずつだった。

もう一本はやらないで、次の稽古試合の楽しみにした。

御前試合では負けを喫したが、正紀にとっては、よい稽古相手といえた。心地よい汗をかくことができた。

正広は、下妻藩当主正棠（まさき）の長男だが、疎（うと）まれて世子として届けられたのはつい最近である。正広の母妙（たえ）は正室だが、正棠とはうまくいっていなかった。

側室お紋（もん）の方が生んだ十二歳の正建（まさのり）を、今でも世子に据えたいと考えている様子だ。

「どうぞ二人で、腕を磨きなされよ」

京が続けた。どこか上から見る言い方に聞こえる。これはいつものことだ。

京は正紀よりも二歳年上で、高岡藩井上家の姫だった。高飛車な物言いは仕方がないのかもしれないが、正紀は面白くなかった。

とはいっても、苦情を口にしてはいない。言えば面倒なことになる予感があった。

着替えを済ませた後、四人で茶菓を楽しみながら話をした。京は正広とは、分家同士のよしみということで、幼馴染（おさななじみ）といった関わりをしている。もちろん、姉のような物言いをしていた。

正広はそれを、気にしていない様子だった。

「新田開発の進み具合は、いかがでございますか」

佐名木が正広に問いかけた。下妻藩では、正広の肝入りで新田の開発に力を入れていた。

「いやいや、手間がかかります。高岡河岸のように、すぐに運上金や冥加金が藩庫に入るわけではありません」

一瞬苦々しい顔になって、正広は応じた。確かに荒地からの米作りは、三月半年でできるものではない。

「高岡河岸には、下り塩と淡口醤油の他にも、荷を置いているのですか」

正広が問いかけてきた。関心があるらしい。ただ下妻という土地は鬼怒川に接しているが、多くの川や湖沼に繋がる中継点として適しているわけではなかった。その点では、高岡河岸に地の利があった。

「そうですな。織物や漆、茶、青苧といった品も入ってきています。さらに増やしたいところでございます」

佐名木が応じた。

「当家の新田開発も、励まねばなりませんな」

正広は、意を決したように口にした。苦々しい顔はしたが、手応えは感じている言い方だった。まだ若いが、話す内容や公式の場での動きは抑え気味で慎重だ。藩内には、廃嫡を狙う者が少なからずいる。そういう中で暮らしていると、自然とそんな立居振舞いになるのかもしれなかった。

高岡藩も下妻藩も、昨年は通常の七割の米しか収穫できなかった。しかし今後の成り行きに、光明を見出している。

「何事もなければ、両藩の財政はよい方向に向かうでしょう。しかし一寸先は闇でござる。この先で何が起こるかわかりませぬぞ。そのためには、備えがなくてはなりますまい」

佐名木が言った。

「何か、そのような兆候があるのであろうか」

気になるので正紀は問いかけた。何もなければ、佐名木はそのようなことを口にしない。

「そうでございますな……、少しばかりご本家が気になります」

本家の浜松藩井上家では、昨年三月に先代藩主正定が亡くなった。そこで嫡子の正甫が後を継いだ。けれども正甫はまだ十歳である。藩政の実権を握っているのは、江戸家老の建部陣内だった。

六万石の浜松藩は、一万石の高岡藩や下妻藩とは格式が違う。口うるさい重臣たちも多数いた。

「先月には、ご先代の一年忌を無事に済ませることができました。喪が明けたと考える者があり、藩内はこれまでとは様子が変わってくるのではござらぬでしょうか」

「まあ、そうであろうな」

正紀は返答した。一癖ありそうな重臣たちの顔が、頭に浮かんでくる。

「浜松藩の米は、東北諸藩はもちろん、我ら分家よりも良好な出来高であったと存じまする」

佐名木は、本家が分家ほど財政に困ってはいないということを言いたいらしかった。

そのまま、言葉をつづけた。

「江戸家老の建部様やご家中のうちには、派手好みのご仁もおいでになります。金のかかることを、もくろんでいるやもしれませぬ」

「なるほど。そうなったら、分家としては知らぬふりはできぬわけですね」

正広が頷(うなず)いた。本家から出費を命じられたならば、断れないという意味だ。

佐名木は、それを警戒している。気を許すなと言いたいらしかった。

「腹のややこの様子は、いかがですか」

正広が話題を変えた。京は正紀の子を身ごもっている。それは先月になって分かった。

「つつがなく、育っていますよ」

京が、自信ありげに口にした。まだ腹は目立たない。少々つわりがある程度だった。

「ならば、万々歳ですね」

「はい。先が楽しみです」

きらきらした眼差しだ。己の腹を、そっと撫でた。満足そうに見える。

腹の子については、確かに万々歳だ。ただ子が宿ってから、京の物言いがこれまで以上に高飛車になった。

「腹に子ができると、女は強くなる」

と誰かが言っていたのを思いだした。正紀ますます気が重くなった。

三

日本橋本材木町（ほんざいもくちょう）は、楓川（もみじがわ）の東河岸に沿って続いている。町名通り、材木問屋が多かった。まっすぐな楓川は、日本橋川と八丁堀（はっちょうぼり）を繋いでいる。

このあたりを通ると、木の香が鼻を衝いてくる。各材木問屋では、道端の木置場（きおきば）に材木を積んだり、立てかけたりしていた。大きな木置場の前には船着場があり、そこから荷入れや荷出しをした。

高浜屋は、このあたりでは指折りの材木問屋である。大名家や大店の普請にも、材木の納入をした。

番頭の丑之助は、朝夕とこの木置場の見廻りをした。盗まれぬようにという意味もあるが、それよりも気になるのは、角材などの転倒による事故を怖れるからだ。

立てかけられている材木には縄をかけ、無謀な置き方はしないようにした。見つけた場合には、すぐに職人を呼んで直させた。人を巻き込む事故でもあれば、店の信用にも関わってくる。

近所の子どもが、木置場で鬼ごっこをしているのを見つけたことがある。材木の陰は、格好の隠れ場所になるらしい。しかし何かあってからでは遅いので、気が付けば迷わず追い返した。

去年一昨年と不作凶作が続いて、物の値が上がった。材木の値もご多分に漏れない。物の値が上がって苦しむのは貧しい庶民だが、大儲けをしている者も中にはいた。

各材木商いの者は、その富裕層を狙って商い高を増やそうとしていた。

「うちも、ぼやぼやしてはいられない」

顧客の確保と、新たな納品先を探さなくてはと思っていた。そのためには、堅実な商いをしているという信用を守らなくてはならなかった。事故はもちろん、火事などはもっての外である。

飢饉といわれているこのご時世でも、勢いを増している問屋がある。顧客を奪われたことがあるから、こういう折こそ、気を引き締めなくてはと考えていた。

高浜屋は、常陸の霞ケ浦へ流れ入る鯉川（こいがわ）の下流にある高浜河岸に支店を持っていて、上流からの材木を仕入れている。

主人の喜三郎（きさぶろう）は出かけていて、丑之助は高浜河岸から来た、材木切り出しにまつわる文書を読んでいた。そんな折、子どもの遊ぶ声を耳にした。

「また来ているぞ。危ないじゃないか」

丑之助はそう呟（つぶや）きながら、立ち上がった。近くに小僧でもいれば行かせるところだが、見当たらない。

木置場に出ると、十歳にも満たない悪童ふうが六、七人、歓声を上げている。

「おい、ここに一文あったぞ」

「こっちにもだ」

興奮している。落ちている銭を探して拾っている様子だった。体が立てかけられた材木にぶつかっても、気にする様子はなかった。

「あ、あった。ここは三文だ」

「うるせえ、おいらのだ」

他の子どもを押しのけて、一回り体の大きい子どもが立てかけられた材木の間に入り込んだ。しかし先にいた子どもが振り返ってぶつかった。勢いづいていたからだが、その体が立てかけられた材木に当たった。

「ああっ」

丑之助は叫んだ。分厚い板材や角材が倒れようとしている。しかし子どもは銭拾いに夢中で気がつかない。下敷きになれば、命はない。

「やっ」

気合を入れて、丑之助は飛び込み、子どもを跳ね飛ばした。子どもの体は軽かった。子どもは難を逃れたが、角材が上から落ちてくる。丑之助が身をかわす暇はなかった。ぶつかった板材も倒れかかってきた。一本二本ではない。かろうじて頭だけは両手で庇ったが、片足に倒れた材木が当たった。

鈍い音がして、左足に激痛が走った。すぐには声も出ない。骨折したと分かった。

北町奉行所の高積見廻り与力山野辺蔵之助は、日本橋川河岸の小舟町を巡回しているところだった。無茶な荷の置き方をしている店がないか、見廻るのが役目だ。

そこへ本材木町の若い衆が、駆けつけてきた。

「てえへんです。材木が倒れました」

高浜屋の木置場だというので、すぐに出向いた。怪我人も出ているという。高浜屋は危険な荷の積み方をする店ではなかったから意外だった。

現場は、そのままになっていた。数本の材木が倒れると、それが他の材木に当たってまた倒れる。木置場のすべての材木ではないが、数十本が地べたに転がっていた。すぐには手もつけられない。

怪我をしたのは、五十年配の番頭丑之助だった。左足の骨を折っていた。肩にも大痣がでたというが、頭は打たなかったので命に別状はなかった。

山野辺は店の中へ入って、丑之助に問いかけをおこなった。

「子どもに怪我がなかったのが、せめてものことでございます」

丑之助は痛みを堪える顔で言った。額にも、腫れがあった。商いには厳しいと聞いているが、子どもを案ずる気持ちは強そうだった。

打ち所が悪ければ、骨折では済まない。突き飛ばさなければ、子どもは死んでいたかもしれないと付け足した。

「無理な積み方、危うい立てかけ方をしていたのではないか」

責める口調で山野辺は言った。

「と、とんでもありません。立てかけていた材木には、縄をかけていました」

「まことか」

「はい。ですから普通ならば、子どもがぶつかったくらいでは倒れなかったはずです」

ただ材木が倒れるときに、縄がかかっていたかどうかは、覚えていなかった。子どもを救うことだけで頭がいっぱいだった。

「では誰かが、縄を外したのか」

「店の者は、私が許さない限り外しません」

ともあれ、木置場を検めることにした。材木職人を伴い、そのままになっていた材木を一つ一つ元の場所へ戻してゆく。一人では持ち上げられない材木もあった。

「子どもならば、ひとたまりもないな」

自然に言葉が出た。

材木がもとの状態になると、地べたに縄が落ちていた。縄は大人の男の親指ほどの太さがあった。しっかり巻いて結べば、たやすくは外れないと思われた。

「おお、これは」

縄の端を、山野辺は摑んだ。結び目がほどけたのではない。すっぱりと、刃物で切られた跡があった。古い切り跡ではない。

悪意を以て、切った可能性が出てきた。

そこへ外出から戻ってきた主人の喜三郎が、姿を現した。顔を青ざめさせている。歳の頃は、四十をやや過ぎたところだ。これまで何度か、山野辺は会ったことがある。

「子どもが遊ぶのを承知で、何者かが縄を切ったのではないか」

山野辺は、縄の切り口を喜三郎に見せた。喜三郎は、「ひっ」と小さな叫び声をあげた。

「こういうことをされる、覚えはないか」

「と、とんでもない」

喜三郎は驚愕の表情を浮かべた顔を左右に振った。

「これで誰か死んでいたら、高浜屋はただではすまぬぞ」

脅しではなかった。

「どうぞお調べくださいませ。そしてこんなまねをした者を、捕えてくださいませ」

深々と、喜三郎は頭を下げた。

山野辺は、高浜屋の奉公人、材木職人、人足などを集めさせた。十人ばかりが集まった。どの者も深刻な顔つきをしていた。

ここで異変に気付いた者がいないか、山野辺は問いかけた。十人の者たちは、みな顔を見合わせた。

子どもの騒ぎ声を耳にした者は何人かいた。しかし不審者を見かけた者は一人もいなかった。

「子どもたちも、長く遊んでいたわけではありません。声が聞こえて、材木が崩れた音がしたのは間もなくでした」

そう口にした職人も、子どもらを追い出そうとしたところだったと言った。

さらに、近所の者にも問いかけをした。隣の材木屋で、荷運びをしていた人足が、走り去っていく破落戸ふうを見たと言った。

「顔つきや歳などが分かるか」

「さあ、ちらと見ただけですからね。それにそいつがやったのかどうかも、分かりません」

破落戸ふうを特定はできなかった。聞き込んだ限りでは、他に不審者に気付いた者はいなかった。

四

正紀は兄睦群と共に、市ケ谷の尾張藩上屋敷へ出向いた。兄弟は当主徳川宗睦の甥であり、しかも睦群は尾張徳川家の付家老を務めている。

二人が門前に立つと、何も言わなくても重厚な門扉が開かれた。玄関までの石畳を歩くと、躑躅が美しく咲き誇っているのが見えた。

来月の五月七日は、尾張藩の藩祖である徳川義直公の祥月命日で、一門で法事を行う。これには他の御三家や御三卿も顔を見せる、大切な行事だった。

正紀は付家老の兄に従って、その手伝いをする。近い縁戚にあるからだ。そのために屋敷へ出向いたのである。

廊下の幅は、高岡藩のよりも倍以上広い。どこも顔が映りそうなくらい磨きこまれていた。

前に来たのは、中奥にある楽々園を借りて茶会をしたときだ。龍野の淡口醤油を広めるために、常陸の大名や旗本を集めて茶会を行った。結果は上々だった。

担当の藩士や、顔見知りの親族が顔を並べた。大きな問題はなく、来月の法事の打ち合わせは、半刻（一時間）足らずで終わった。

その後、少々待たされたが、睦群と共に伯父である宗睦に拝謁することができた。宗睦は多忙で、短い間でもなかなか対面ができない。願っていたことが叶った。

宗睦は五十五歳だが、五つくらいは若く見えた。精悍な印象がある。藩主の御座の間へ通された。

「龍野の醬油は、売れておるか」

早速、問いかけを受けた。覚えていてくれたのである。

「お陰様にて。高岡河岸も、徐々に賑わってきております」

正紀は、昨年に行った堤普請で二千本の杭を頂戴したことや、楽々園を貸してもらった礼を口にした。

「うむ。役に立ったのならば、何よりである」

高岡藩に婿に入るときは、性根を入れてかかれと厳しい顔で告げられた。後戻りはできぬぞと脅されている。しかし総じて正紀には、好意的に接してくれていた。こうやって、わざわざ拝謁の機会を作ってくれている。

「民の思いを、見誤ってはならぬ。常に見据えていれば、その動きを予測することができるぞ」

これは宗睦の、藩主としての考え方らしかった。

そこへ、客人があると伝えられた。それで睦群と正紀は引き揚げようとしたが、

「かまわぬ、そこにおれ」と言われた。引き合わせるつもりらしかった。

現れたのは、二人の侍である。陸奥白河藩藩主の松平定信と旗本で勘定奉行をしている久世広民だった。どちらも正紀とは面識のある人物で、会えば挨拶くらいはする。しかし親しく言葉を交わしたことはなかった。

松平定信は、この六月にも老中首座の地位に就くことが決まっている。その後押しをしたのが宗睦だった。久世を伴って表敬訪問にやって来たのだ。

「これは竹腰殿、井上殿」

宗睦に挨拶を済ませた定信と久世は、兄弟に顔を向けた。二人は、尾張藩付家老の睦群とは親しいらしかった。正紀も、挨拶をした。

定信は世辞の笑みなど浮かべない。謹厳で、近寄りがたい人物に見えた。

「いよいよ老中職に就かれるが、まず第一に当たるのは、どのようなことであろうか」

宗睦が、定信に問いかけた。こういう話は、すでに何度も交わしているはずだった。

それでも話題にしたのは、自分に聞かせるためではないかと正紀は考えた。

背筋を正して、返答を待った。

「まずは、連年の凶荒への対処でございましょう。我が白河藩も、惨憺たる米の出来具合でございました」

定信は心情を面に出さない質らしいが、それでも整った面貌をわずかに歪め、さらに言葉を続けた。

「ご承知のとおり、米価騰貴によって、江戸をはじめとする各地で米騒動が起こっております。これらも、そのままにはできますまい」

「いかにも。米の値が上がれば、それにつれてすべての物の値が上がるであろうからな」

宗睦が応じた。

「上がってゆく様々な物の値を、どう下げて行くか。知恵を絞り、その手立てを考えていこうと存じまする」

そう言ってから、定信は久世に目をやった。

「幸い久世は、たぐいまれなる能吏でございましてな。旧弊にとらわれることなく、進取の手法を取り入れて、事に当たると存じまする」

定信の久世に対する並々ならぬ期待が感じられた。当の久世は、定信の言葉とともに黙礼をした。恐縮という体（てい）ではあるが、いかにも自信がありそうに見えた。

定信は老中首座として幕政を主導することになるが、物の値を含めた財政については久世を片腕とするということらしかった。

久世は、天明四年に勘定奉行の役に付いた。後に定信のもとで、寛政（かんせい）の改革に力を貸す人物となる。

「井上殿は、高岡河岸の利用に力をお注ぎだと聞いておりまするぞ」

話が一段落したところで、定信は正紀に声掛けをしてきた。下り塩や淡口醬油についても触れた。

「い、いかにも」

これは魂消（たまげ）た。定信は御三卿田安（たやす）徳川家の生まれで、白河藩十一万石の大大名である。徳川にゆかりの深い者とはいっても、正紀と取り立ての関わりがあるわけではなかった。

「利根川、江戸川の水運は、今後ますます栄えるでしょうな。そこに目を付けたのは、慧眼（けいがん）でござった」

「ははっ」

一万石の小大名の動きでさえ摑んでいる。さすがに英邁の誉れ高い人物だと、正紀は思った。

「お励みなさりませ。そう遠くないいつか、高岡河岸は利根川水運の要衝となりましょうぞ」

久世は、口元に笑みさえ浮かべて言った。

定信も久世も、正紀のこれまでの働きを評価しているようだ。

「かたじけなく存じます」

正紀が応じると、宗睦が満足げに頷いた。

高岡藩上屋敷に戻った正紀は、定信らとのやり取りを、まず京に伝えたいと思った。奥の京の部屋へ行こうとすると、侍女が廊下で平伏した。四十年配の、京付きの紅葉という侍女だ。京が赤子の時から仕えていると聞いていた。

「ご気分がすぐれないご様子でございます」

紅葉は、きりりとした顔で言った。京以上に、気は強そうだ。

「つわりか」

「そのように存じます」

気分がすぐれないと断られるのは、前は機嫌が悪いときだった。だが今日は、本当に気分が悪いのだろうと察した。

「来るなというのだな」

「ご遠慮いただきたく、お願いいたします」

「そうか」

そう答えたものの、何がしかの不満が残った。自分と京は夫婦なのだから、遠慮はいらない。気分がすぐれないなら、背中ぐらいはさすってやりたかった。

京は、気位が高い。弱いところを見せたくないのだろうと推量した。

「しかしな……、見せればよいではないか」

と正紀は思うのだ。そこが面白くない。

五

物価の高騰で、どこの商家もおおむね品薄になっていた。店先に置いていても、売れないからだ。仕入れ量も、明らかに減っているはずだった。

山野辺は高積見廻り方をしているから、その実態を膚(はだ)で感じていた。高積みをする店が、めっきり少なくなった。商いが盛んだったときとは、比べ物にならない。

高積見廻り方としては幸いだが、よいことばかりではなかった。

無宿人の数が増えて、その対応に回されることが少なからずあった。無宿人の増加は、止まるところを知らない様子だった。喧嘩をしたり、盗みをしたりする者が次々に現れている。

町奉行所としては、捨てておけない事案だ。苦情も集まっている。けれども高積見廻り方として気になるのは別の件だった。

高浜屋の材木倒壊事件が、気になっていた。

刃物で切った縄、走り去った男、犯罪のにおいが漂ってくる。高浜屋の主人から頼まれたからではない。このままにすれば、また何かが起こるのではないかと胸騒ぎがするのだった。

「次に何か起これば、番頭の足の骨折では済まないぞ」

と感じる。だから今のうちに解いておきたい問題だった。

本材木町だけでなく、近隣の町も聞きまわったが、不審者を特定することはできなかった。遊んでいた七人の子どもたちにも話を聞いた。七歳から十歳までの男の子どもだ。青洟を垂らしている子もいた。

すべて裏店の子たちだ。さんざん追い払われても、木置場に遊びに来ていた。界隈の悪童連といってよさそうだ。

高浜屋の番頭が、足の骨を折っている。事の重大さは分かるらしく、みな神妙な顔つきだった。

「おれたちが楓川の土手で遊んでいたら、荷運びみたいな小父さんが近づいてきたんです」

なぜ木置場へ行ったかを聞くと、一番年嵩の子が答えた。

「そうそう、あそこに銭が落ちているって言ったんだ」

金壺眼で、浅黒い顔の七、八歳の子だ。

「初めは嘘じゃないかと思ったんだけど、銭は欲しいからさ」

「そうしたら、本当に落ちていたんだ」

次々に喋り始めた。子どもたちには驚きの出来事だったようだ。

「いくらくらいあったのか」

「一文か二文。でもさ、あの材木が倒れたところには、五、六枚落ちてた。だからみんなが、集まったんだ」

幼い子でも、銭はほしい。立てかけられた材木の縄が切られているなど、考えもしなかっただろう。

「その小父さんというのは、このあたりでよく見かける顔か」

と問いかけると、子どもたちは顔を見合わせた。

「一度も、見たことがないです」

年嵩の子が言った。他の子どもたちが頷いている。

「どのような顔か、思い出せるか」

と問うと、一同がきょとんとした顔になった。しかし青洟を垂らした子が、声を上げた。

「下駄みたいに、四角い顔だった」

指で、顔の形を作って見せた。

「そうだ。鼻緒のような八の字眉だったぜ」

「唇の下に、ほくろがあったじゃねえか」

その子どもは、唇の左端の下を指で示した。思い出したらしい。

そこで山野辺は、似面絵（にづらえ）を描く絵師を呼んだ。

子どもたちはああでもないこうでもないと言いあって、似面絵師は何枚もの紙を無駄にした。

「ううん。これだね」

「似ている、似ている」

ようやく似面絵ができた。どこかで見かけたならば、すぐに伝えろと告げて子どもたちを解放した。

山野辺はその似面絵を持って、高浜屋の主人喜三郎と骨を折った番頭丑之助に会った。まずは二人に、見せたのである。

「はて」

どちらも真剣な顔で、絵に目をやった。しかし見覚えがないと、首を横に振った。

子どもたちが、木置場へ行った理由も伝えた。

「どうして、そのような真似を」

喜三郎は首を捻った。見当もつかないといった顔だ。丑之助も同様である。

「あれは、子どもを材木の下敷きにするつもりでやったとしても、それが本当の目当てではないな」

喜三郎も丑之助も、山野辺に不審気な目を向けてきた。

「子どもに怪我をさせることで、高浜屋を困らせようとしたのではないか」

断定はできないがと断ったうえで、山野辺は自分の考えを伝えた。

あの材木が子どもの頭に当たれば、命を失う可能性が大きい。しかしそれでもかまわない、という気持ちでやったのだ。しかも鐚銭を撒いて子どもを煽るなど、やり方が汚い。

似面絵の男に、山野辺は激しい怒りを感じている。

「恨まれる覚えはないと言ったが、商売敵で高浜屋を陥れようとする店はないか。よく考えてみろ」

今のところ似面絵の男の動機は見つからない。

「さて」

喜三郎と丑之助は顔を見合わせた。そしてあれこれ話し合った。

恨まれる覚えはないといっても、商いをしていれば、悶着が何もないというわけにはいかない。ときには他の店の取引先を奪うこともある。反対に奪われることもあった。

あえて何かあるとすれば、と言って挙げたのが商売敵の四軒の材木問屋だった。

浅草材木町下野屋忠右衛門

南八丁堀津田屋新兵衛

深川北六間堀町信濃屋武八

深川冬木町小佐越屋文吾左衛門

山野辺はその名を紙片に書き留めた。確かな証があって、喜三郎らは口にしたのではない。思い付きで名を挙げたまでだが、いずれも商いのやり方は強引で、飢饉の折でも商い高を伸ばしている店だと言った。

念のため、すべて当たってみることにした。

まず行ったのは、一番近い南八丁堀の津田屋である。店舗の脇に木置場があったが、高浜屋のそれよりも一回り狭かった。荷運び人足が、荷船から材木を運び入れていた。活気にあふれた様子に見えた。

「この男に、見覚えはないか」

荷運びが済んだところで、山野辺は似面絵を見せて人足たちに問いかけた。

「さあ、見かけねえなあ」

「こいつがいったい、何をしでかしたんですかい」

後々のことも考えて、山野辺は津田屋を怪しんでいるような物言いはしなかった。

「ある不審事に、関わっているかもしれぬ」

それで済ませた。人足だけでなく、近隣の者にも聞いたが、知っていると口にした者はなかった。

次は浅草材木町だ。浅草寺の南で吾妻橋に近いあたりだ。

「これは、綱次郎に似ていねえか」

「ああ。違えねえ」

この反応に、胸が躍った。隣接する花川戸町で、髪結床を営んでいる者だそうな。すぐに行ってみた。

「なるほど」

四十年配の者だが、顔は似ていた。唇というよりも、顎に近いところにほくろがあった。

出てきた客に問いかけた。材木が倒れた日に何をしていたかを思い出させるのに手間取った。

「綱次郎はその日、朝からずっとここで髪を結っていたか」

「そうじゃないですか。あいつはいつだって、店で髪を結っています。出かけてはいないと思いますよ」

近所の者にも聞いたが、綱次郎は連日、昼間のうちは外出をしていなかった。それでは、高浜屋の木置場へは行けない。

続けて深川へ足を向けた。北六間堀町と冬木町で、似面絵を見せて聞き込みをした。

「何年も前に、荷運びをしていたやつと似ていますがね」

と言った者がいたが、それきり顔も見ないという。これでは話にならなかった。四つの店を回ったが、手掛かりは得られなかった。

この中で一番大きな店は、小佐越屋だった。店の様子や木置場の規模も、高浜屋と同じくらいだった。

六

朝の読経では、京の顔色は悪くなかった。つわりは辛いときと、それほどでもないときとがあるらしかった。

読経を済ませたところで、姑の和（かず）を交えて、正紀は三人で朝の茶を喫しながら話をした。京の表情が明るいとほっとする。

早速、昨日の尾張藩上屋敷での出来事を話した。松平や久世から、高岡河岸について評価されたことも伝えた。

「よろしゅうございました。もっと賑やかにしたいところですね」

と京は姉さん口調で言った。とはいっても、嬉しそうな顔はしていた。お披露目のための茶懐石に淡口醤油を使うなど、京も高岡河岸発展のために力を尽している。

「高岡河岸に立ち寄る船が多くなったのは、何よりです」

和も上機嫌だった。江戸の勘定頭井尻又十郎から、詳細を聞いたらしかった。扱う品が、下り塩や淡口醤油だけではないのにも、満足しているようだ。

「はい。さらなる荷を運べるように、尽力をいたします」

和に言われるまでもなく、進めて行くつもりだった。

「そこでだが」

和は正紀を見据えた。口元には笑みを浮かべているが、眼差しは真剣だ。和はそのまま言葉を続けた。

「藩庫が潤ってきたのならば、沙汰やみになっていた襖の張替えをしてもらいたい。それには狩野派の絵師を使いたい」

「は、はあ」

正紀は困惑した。確かに予定していた襖の張替は、思いがけない借財が明らかになったために、延期せざるを得ない事態となった。加えて和には、狩野永納の水墨の軸画を借金返済のために売りに出してもらっている。

だから正紀には、負い目があった。

和は、狩野派の絵をことのほか尊んでいる。自らも絵筆を握る。思い入れが強いのは分かっていた。

ただだからといって、和の道楽に付き合うわけにはいかない。高岡河岸の利用が増えたとはいっても、藩財政が潤うところまではいっていない。藩士からの禄米の借り上げも、終わってはいなかった。

和にしてみれば辛抱をさせられたのだから、状況が好転したのならば、延期になっていたことを実行してほしいという腹だろう。無碍(むげ)にはできないが、先にしなくてはならないことが山ほどある。

「いずれそのうちに」

あからさまな拒絶はしないで、一応ごまかした。

「そうですね、先の楽しみといたしましょう」

京が助け舟を出してくれた。前は何も分からずに口を開いていたが、今は藩の状況を理解している。

この後、正紀の御座所へ佐名木と井尻が顔を出した。藩主の代行をする正紀と、財務と藩政の仕置について様々な検討を行う。国元からの報告には、軽重(けいちょう)にかかわらず耳を傾ける。

「ご家老の児島様から、新たなお申し出がありました」

昨冬まで江戸家老だった児島丙左衛門は、国家老園田頼母の失脚で高岡に移り、国家老の役に就いた。高岡藩では、指折りの家柄だ。園田は、正紀の殺害を企ててしくじり、切腹となっている。

児島は事なかれ主義の無気力な者だが、下の者に強く迫られると断れず、決定や始末の責を江戸へ押し付けてくる。児島の提案は、その意図を読み取り吟味をしなくてはならない。

「大まかなところを申してみよ」

「高岡河岸の納屋で扱う品目を、増やそうという話でございます」

「ほう」

これは正紀も佐名木も、日頃心掛けていることだ。児島にしては、まっとうな提案だと思われた。

「銚子や鹿島、九十九里浜から干鰯や粕、塩魚といった品を受け入れてはどうかとの話でございまして」

井尻が答えた。

海で獲った魚類を加工して、利根川を使って内陸部へ運ぶ。海産物を得にくい上野や下野では、欠かせない品だ。

上流の境河岸や鬼怒川、小貝川の各河岸へ運ぶには高岡河岸は中継点として適している。しかしその役割は、今のところ取手河岸が受け持っていた。

児島は少量ではあるが、その道筋が開かれたと伝えてきたのである。

「よい話ではないか」

正紀も、進めたいと思っていた。加工した魚類は、大量に運ばれている。その端緒が開かれるのならば何よりだ。

しかし佐名木は、よい顔をしていなかった。

「なぜか」

正紀の問いかけに、即答した。

「それらの品は、醤油以上に強いにおいを発します。一度でも納屋に置いたならば、他の品は置けませぬ」

高岡河岸には、納屋が二つある。においの出る醤油と他の品は分けていた。干鰯や塩魚を醤油の倉庫に入れたならば、淡口醤油の微妙な風味は落ちてしまうだろうという。

「そもそも、醤油を置く桜井屋が承知をいたさぬでしょう」

桜井屋は、下り塩と淡口醬油を高岡河岸に置いている下り物の仲買い問屋だ。正紀と深い縁があるから、納屋を利用している。

「いかにも。そうだな」

佐名木の意見は、もっともだった。児島はそのあたりを配慮していない。ただ佐名木は、この話をすべて否定しているわけではなかった。

「当家に余力ができたら、新たに納屋を建てればよろしいと存じまする。大量の輸送がある品を、指をくわえて見ていることはありますまい。ただ児島殿の申される量では、利は薄く、納屋の新築までには及びませぬ」

時期尚早だと言っている。妙案でも現実に合わなければ、思い付きでは進めない。それを知らされた。

姑の和にしても児島にしても、少しゆとりができると、己のしたいことをぶつけてくる。判断を下す者は、大局を見通さなくてはならないと教えられた。

打ち合わせるべき事柄が済んだところで、正紀は下妻藩の新田開発に関わる話をした。跡取りの正広は同じ時期に世子になった者だから、その過ごしようが気になっていた。

下妻藩は、当主の正棠が江戸にいる。したがって藩政に口出しはしにくい。しかし新田開発についてだけは、任されていると聞いていた。

「捗っているのか」

先日共に稽古をした折には、歩みは遅いが進んでいるといったようなことを口にしていた。

「さようですな」

佐名木が言葉を濁した。井尻も、返答をしなかった。目をそらしている。その様子から知らないのではなく、言いにくいのだと察した。

「分かっていることがあるならば、聞かせてもらおう」

正紀が迫ると、井尻が渋々口を開いた。

「正広様は在府の身の上で、容易く国元には入れません。そこで江戸から指図をすることになります」

「そうであろう。おれと同じだ」

大名家の世子は、勝手に国元へ戻ることは許されない。

「国元で指図を受け、手を下すのは国家老の瀬川十内様でございます」

会ったことはないが、それは知っている。前の江戸家老は園田次五郎兵衛という者だったが、これも高岡藩の園田頼母と同じように、正紀の失脚を企て切腹している。

苗字が同じ次五郎兵衛と頼母は、近い縁戚関係にあった。

この一件で、下妻藩では老職の異動があった。国家老だった竹内平五郎が江戸家老となり、瀬川はその後任として国家老の役に就いた。新田開発には力を注いでいると、正紀は聞いていた。

そもそも新田の開発は、各藩にとっては最重要課題といってよかった。高岡藩は、地形の事情によってそれがかなわない。そこで河岸場の利用を進めたのであった。

「瀬川様は、正広様の指図を、そのままにはお進めにならないと聞いております。ご自分のお考えを、混ぜるとか」

「そうなっては、話が進まぬのではないか」

「さようでございましょう」

「ならばなぜ、瀬川にそれを許すのか」

国家老とはいえ、正広は井上家の世子という地位にいる。得心のいかない返答だった。

井尻は一度深く息をしてから、腹を決めたように言った。

「瀬川様は、藩主正棠様の肝入りにてご家老の役目につきましてございます」

「そうか」

正紀は、今の言葉で納得した。正棠は、正室妙が生んだ正広を世子にすることを望んでいなかった。寵愛する側室お紋の方が生んだ次男の正建を跡取りにしたいと考えている。

長男であり正室が生んだ正広を世子としたのは、仕方なくのことだ。

「正広様の申しようを受けて事をなし、うまくいったならば、手柄を与えることとなりまするからな。正棠様は面白くない」

ここで佐名木が、口を出した。

「しくじらせて、世子の座を奪おうというのか」

「そこまで考えておいでかどうかは、存じませぬが」

正紀は、道場でその話題を出したとき、正広が一瞬苦々しい顔をしたことを思い出した。

事がうまくいかず、その背後には父との不和がある。正広には、自分とは質の違う苦悩があるのだと察した。

七

月に一度、浜松藩井上家の分家二家は、浜町堀西にある本家の上屋敷に集まって、三藩の動向の報告と本家からの様々な指図を受ける。分家としては、この集まりに出ないわけにはいかない。

高岡河岸の開発についても、事前に申し出をしていた。

大名家としては独立しているが、三藩は濃い血筋で繋がり、運命を共にする存在としてとらえられていた。したがって跡取りがいない場合は、他の二家から婿を取る。正棠は先々代浜松藩主正経の四男だった。

したがって高岡藩で、二代にわたって尾張徳川家一門から婿が入ったことを、面白く思わない者がいるのは当然といってよかった。高岡藩へは正紀ではなく、正建を入れようと動いた者もあり、正棠は正広を婿にして下妻藩から追い出そうと企んだ。正紀はそういう面倒な藩内事情を、一切知らないまま婿となった。入ってから知ったのである。

三藩の者は、藩邸内の広間に集まった。浜松藩主正甫はまだ幼少なので江戸家老の建部陣内が、首座として取りまとめを行う。高岡藩からは、正紀と佐名木が出た。下妻藩からは正広と江戸家老の竹内平五郎が出席した。もちろん正棠も顔を出しているが、顧問格といった立場だ。

やや離れたところに、文机(ふづくえ)が置いてあって、祐筆(ゆうひつ)役の太田黒兵庫(おおたぐろひょうご)という二十歳をやや超えた浜松藩士が控えている。

正棠は藩主正甫の叔父という立場になるから、分家とはいえ浜松藩内でも大きな発言力を持っていた。

各藩の事情を、江戸家老が伝える。佐名木は藩主正国が大坂定番の役目を無事に果たしていることや、高岡河岸についての報告をした。竹内は、新田開発が着実に進んでいることを伝えた。正広は俯(うつむ)き加減になって、その言葉を聞いていた。

浜松藩では、先月先代藩主正定の一周忌法要を盛大に行った。建部はそれが無事に済んだことと、分家二家が充分な役割を果たしたことについて、謝辞を口にした。正甫の代理として話しているわけだから、居合わせた者たちは深々と頭を下げた。

「我らは、ご先代様のご遺徳を、偲(しの)ばねばなりますまい」

居住まいを正した建部は、重々しい口調で語った。正紀は会ったこともない人物だが、他の者たちと同様に、またしても深々と頭を下げた。

正した姿勢を崩さず、建部は言葉を続けた。

「そこで、でござる。かねて懸案だった菩提寺の本堂の改築を行ってはいかがかと存ずる。すでに長い年月を経た建物であり、正定公のご遺徳を偲ぶためにも、是非にもいたさねばならぬことと存ずる」

どうだと、建部は一同を見回している。歳は五十一、藩主幼少の六万石を牛耳る老獪な人物といっていい。

佐名木も正広も、いや竹内さえも驚きの目を向けている。しかし、平然としてそれを受けた者がいた。

「もっともな話である。正定公のご遺徳を、本堂改築という形で残すのは、我ら一門にとっては何を置いてもなさねばならぬことでござろう。胸が躍る、喜ばしいお申し出でござる」

他の者は、体を強張らせている。本堂改築となれば、とてつもない費えが必要となる。それが分かるからだ。

しかしここで、反対の声を上げる者はいなかった。ご先代のご遺徳と言われては、反対すれば、正定の生前の行いを否定することになる。

建部はここで、わざとらしく居住まいを正す真似をした。

「皆様方のご賛同、ありがたく存じまする」

と恭しく頭を下げた。そして続けた。

「ご本堂の改築となれば、先立つものがなければ叶いますまい」

「いやいや、それについてのご心労は無用でござる。この話は前にも出ていたものであり、ご本家はもちろん我ら分家でも、とうに心得ていたことでござる。それなりの貯えをなしておくのは、当然の心構えでござろう」

正棠が応じた。

「何を言うか」

とは思ったが、正紀は口には出せなかった。建部と正棠は、結託して事を進めようとしていると察したからだ。

東北は飢饉、下妻藩も高岡藩も凶作であえいでいる。それはこの集まりでも伝えられていた。にもかかわらずなぜ今、そのような企てをするのか、正紀には得心がいかない。

「それがし、おおざっぱではあるが見積もりを立ててみた。新たに建てるとなれば、粗末なものにはできぬ。少なくとも千二百両は入用でござろう」

建部は一同を見回した。

本家も分家も、菩提寺は同じだ。白山の一画になる丸山に広大な境内を持つ、日蓮宗大覚山浄心寺である。その檀家総代が、浜松藩当主の正甫だった。

「浜松藩では、その内の半分六百両を出すといたそう。これはすでに、正甫様のお許しを得ている。分家二家は、それぞれ二百両ずつ。残りの二百両は、他の檀家衆から募るということでいかがか」

すでに正甫の応諾を得ているというところを、強調した言い方だった。幼君ではあっても、一門の総帥であるのに変わりはない。

「あ、いや」

ここで佐名木が、声を発した。

高岡藩では二百両などという金子は供出できない。逆さに振っても鼻血も出ない財政状況だ。正定公の遺徳がどうこうという問題ではない。

黙って受け入れるわけにはいかなかった。

佐名木が言葉を続けようとすると、正棠がそれを遮るように濁声を発した。

「本堂の改築は、初めて出た話ではない。各藩は、それなりの貯えをしていたはずだ。高岡藩には、その用意がないということか。先祖を敬う気持ちが、ないということか」

叱りつけるような口調だった。一歩も引かぬ、という決意を伝えている。

「いや、そういうわけでは」

さしもの佐名木も、剣幕に押された。

浄心寺本堂の改築については、意見を求められたのではなかった。本家として決めたことを、受け入れろと命じてきたに過ぎない。

建部は、何事もなかったように話を進めた。

「そこでお若い二人に、造営の奉行を務めていただきたい。やりがいのある、名誉のお役目でござる」

総指揮を執るのは、正甫の代行である建部だ。補佐役に就くのは、ここでの会話を記録している太田黒だった。

「一門を支える、前途有為な二人でござる。見事に成し遂げるでござろう」

これを口にしたのは正棠だ。神妙な口ぶりだった。

普請の奉行役を務めるとなれば、それぞれの藩で分担金を出すだけでは済まない。檀家衆などから得る二百両の勧進についても、関わらなければならない。いや金を集めるだけでなく、造営までの全てを取り仕切らなくてはならないだろう。

しかし断る理由は、見当たらなかった。

「いかがでござるか、竹内殿」

建部は、竹内に発言を求めた。

「ま、まことに。お言葉の通りで」

竹内は、しどろもどろになって言葉を発した。竹内に発言をさせたのは、建部の策略だ。どのような返答があるか、だれの目にも明らかだった。

「ならばこれで、決まりましたな」

満足そうに、建部が言った。正棠も頷いている。正広は俯いたままだった。

ここで、小休止となった。いったん控えの間に戻ることになった。

「なぜ、あえてこのようなときに」

佐名木と二人だけになったところで、正紀は口にした。

「このようなときだからこそ、我らを追い詰めるつもりでございましょう。正紀様と正広様を奉行役に据えたのは、しくじらせてどちらも世子の座から降ろそうと企んだからではございませぬか」

佐名木の見立てだ。

「しかし当家だけではなく、下妻藩も財政は逼迫しているはずだ。正棠殿は、これを進めようとしたのだぞ」

「正棠殿は、建部殿と何か密約があるのではござらぬか」

さすがに、その詳細にまでは思い至らぬ様子だった。

ともあれ、突然に押し付けられた難題だ。二千本の杭さえ用意することができなかった。戸川屋の借財返済については、四苦八苦をした。

対処の方法が浮かばない。

しかし果たせなければ、建部と正棠は糾弾をしてくる。廃嫡までを求めてくると思われた。彼らの思惑は、単に本堂改築をするだけではなさそうだった。

新たな大波が、一万石の小藩を呑み込もうとしている。

第二章　藩庫の金子

一

しばしの休憩後、浜松藩上屋敷の別室で、浄心寺改築に関する実務の者が集まった。

浜松藩からは大田黒、下妻藩は正広と竹内、高岡藩は正紀と佐名木だった。

これに発言はしないが、書役として下妻藩から正広付きの小姓水澤拓真が入り、高岡藩からは植村が加わった。

「ご本堂の改築については、我ら一門、かねてよりの悲願でござった。そこで改築に至る流れを、記し申した。お検め願いたい」

太田黒はそう言って、改築の日程を記した書面を、分家二家に差し出した。これでやれという意志のこもった目を向けている。太田黒は肩幅が広く長身で、二十一歳。

切れ者で、しかも馬庭念流の手練れだという評判を正紀は耳にしていた。

一同は、渡された書面に目を走らせる。

「これは……」

まず竹内が、悲鳴とも受け取れる声を発した。他の者も、声は発しないが、驚きを目に浮かべていた。

竣工は来年三月に行われる正定公の三回忌に間に合わせる、という目論見だ。資金集めは向こう二か月の間で、その後材木の納入業者を決める。宮大工は、宇左衛門なる昔から浄心寺にかかわる者と決まっていた。この人物も、材木納入業者の選定に加わる。

書面には、竣工までの周到な計画が記されていた。

竹内が声を挙げたのは、資金集めが二か月と区切られていたからだ。

「に、二百両を二か月でというのは、い、いかにも急ではござらぬか。それぞれに、事情があると存ずるが」

無理だと、言わぬばかりの口ぶりだった。しかもおろおろしていて、目が一点に定まらない。家老職にある者ならば、藩の財務状況は分かっている。出せないと感じるからこその反応だと思われた。

太田黒は、竹内に冷ややかな目を向けた。

「この件は、正棠様や建部様がおいでになるところで話がついたものでござる。その場には、ご貴殿もおいでになった。にもかかわらず、何を今さら。やる気がないということでござるか」

「い、いや」

竹内は、倅といってもいいような歳の太田黒に面罵された形だ。今の言葉で俯いたが、納得したわけではなさそうだった。

太田黒は、それには構わず話を続けた。

「二百両を他の檀家などから勧進を求める件については、浜松藩で半分の百両分を受け持ちまする。両藩のご負担を、少しでも軽くしたいという殿の思し召しからでございましてな」

恩着せがましい物言いだが、それでも幾分かは負担が減った気がした。

浄心寺には、少なくない檀家がある。出入りの業者もあるだろう。勧進を求める役目は面倒だが、できないことはなさそうだ。高岡藩と下妻藩の分担は、それぞれ五十両ずつとなる。

そして次に太田黒が出した書類は、檀家の住まいと名を記した一覧だった。

武家も町家もある。婿に入ってまだ一年もたたないが、主だった者の名と顔は知っていた。寺で行われる供養などで顔を合わせた分限者とおぼしい、大きな商家の主人も含まれている。

この檀家衆の名のところに、レ印がつけられていた。

「レの印は、何でござろうか」

佐名木が問いかけた。

「それは、当家が声掛けをいたすところでござる。縁の深い者たちでござりますからな」

太田黒は胸を張った。

「何を言うか」

と思いながら、正紀はレ印のついた名や屋号を検めた。浜松藩の縁戚にある武家はともかくとして、檀家の商家については、大店老舗と思しいところにはすべてにレ印がついていた。

三藩に出入りしている御用商人は、浜松藩が関わる。取りやすいところは浜松藩が行い、取りにくいところだけを分家に押し付けてきた。負担を軽くなどと言われては、片腹が痛い。

早い話が、勧進に当たっては本家を頼れないということだ。分家は二百両の分担金の他に、五十両も集めなければならなかった。

「では金子にまつわること、お含みいただけたと存ずる」

金の話に区切りをつけた太田黒は、本堂の解体に関する話に移った。

すべての打ち合わせが済んだところで、正紀と正広は、丸山浄心寺へ行ってみることにした。すでに手回しよく、話は伝わっているというが、やはり住職には会っておかなくてはならないだろう。

もちろん初対面ではないが、太田黒が出した日程や檀家のことなど、確認をしておきたい点がいくつもあった。本堂の完成がなるまで、関わらなくてはならない相手だ。

佐名木や竹内、植村や水澤もこれに従っている。

神田川に架かる昌平橋を北に渡って、湯島聖堂と神田明神に挟まれた本郷通りを小石川方面に向かって歩いてゆく。

広大な加賀藩前田家上屋敷の前を通り過ぎると、本郷追分に出る。日光御成道と中山道が分かれるところだ。一行は、中山道へ歩を進める。正紀や植村にしても、菩提寺である浄心寺へ行くのは初めてではない。

このあたりまで来ると、微禄の御家人の屋敷が多くなる。たまに現れる町屋も、鄙びた印象だった。人通りも少ない。

「ようするに、話はあらかた決まっていたわけではござらぬか。知らなかったのは、分家ばかり」

詳細を知った植村は、怒りの声を上げている。

「偉そうに押し付けてくる太田黒も、気に入らぬな」

植村の相手をしている水澤が応じた。二人は並んで歩いている。面倒なことを、無理やり押し付けられたと感じていた。

本家は、厳しい藩財政を承知の上で、金のかかることを進めようとしている。そういうやり方にも、腹を立てているらしかった。

「下妻藩は、分担金を出す目途があるのでござろうか」

佐名木が竹内に問いかけた。

「いやいや、火の車でござる。殿がなぜこのような話に乗ったのか、皆目見当がつきませぬ」

藩主の正棠は、改築を進める側に立って話をしていた。竹内はそのわけを理解していなかった。相談も受けてはいないらしい。

「しかしこうなった以上は、何もしないでは済みますまい」

「いやはや。拙者はもう、正広様のお指図に従うばかりでござる」

竹内は己が主体的に何かをしようという気持ちはないらしく、責を逃れるための物言いをした。正広は表情を変えず、強張った顔で歩いている。反論は口にしなかった。

そもそも竹内は、与えられた仕事をこなすだけの者だ。

何かあると、人のせいにする。平時ならばそれでも江戸家老は務まるが、こういう折には、まるで頼りにならない。正広にしてみれば、かえって足枷になる。だからこそ、正棠は何も伝えなかったのではないかと正紀は考えた。

正広の心中が察せられた。

浄心寺は、丸山界隈では名の知られた寺だ。坂を上ると、山門が聳え立つように見えた。参拝者もあるので、茶店や小間物などを商う、門前町もできていた。敷地は四千坪ほどもあろうかと思われた。

そう遠くないところに、白山の森が見える。田圃が広がる一帯もあって、空では小鳥が囀っていた。

「確かに、古い建物ですな」

本堂は、離れたところから見るとそれなりに風格がある。しかし近寄って見上げると、雨漏れなどによる腐食や隅木の破損といった損傷が、あちらこちらに見受けられた。屋根瓦が、崩れかけているところもあった。

次から次へと支障が出て、修繕が追い付かない。寺の事情だけで考えれば、改築もやむなしと思われた。ただそれが今かとなると、ここに至っても正紀はまだ納得ができていない。

一行は庫裏へ行って、声をかけた。

「これはこれは、ご分家の皆様方」

まず姿を現したのは、歳の頃三十二、三の塚原伝兵衛という寺侍だった。僧職ではないが、住職を補佐し、寺の実務を担う役割の者だ。檀家とも関わり、寺の出納に携わる。外へ出るときには、二刀を腰に差した。

浜松藩士の三男坊で、婿の口がなく六、七年ほど前から浄心寺にいると聞いていた。これまでは面倒な関わりもなかったので、常に笑顔を向けて正紀には接してきていた。商人のようではないかと思ったことがある。ただ身ごなしに隙がない。剣の修行をした者だと察していた。

「お二人の若様には、これからお世話になりまする」

こちらが何も言わないうちに、塚原が言った。正紀と正広が普請の奉行役をするのを知っているらしかった。

床の間付きの、庫裏の一室に通された。茶菓が運ばれ、待つほどもなく住職の仲達(ちゅうたつ)が姿を現した。歳は三十九歳で、眉の細い丸顔は、生気にあふれている。恰幅のいい体つきをしていた。

「正紀様、正広様、ご機嫌麗(うるわ)しく」

満面の笑みを浮かべて言った。この人物も商人のようで、外見だけならば生臭坊主にしか見えない。

けっして機嫌は麗しくないが、ともあれ二人は頷いた。

「浜松藩より、我らが改築の奉行役を仰せ付かった」

まずは正紀が、二人で訪れたわけを伝えた。

「ありがたき幸せに存じます。一年の後には、新しい本堂ができていると思うと、夢のような話でございます。正定様の法会(ほうえ)を、盛大に行うことができまする」

そして主だった商人の檀家の名も挙げ、これらの者も喜んでいると言った。もちろんそれは、浜松藩が寄進を募る者たちだ。

仲達も塚原も畏(おそ)れ多いといった口ぶりだが、すでに改築の話は進んでいる。必要なところへは、根回しもされていた。

もはや逃げるわけにはいかないと、正紀は悟った。

日程の確認や、寄進を得られそうな檀家をここでも挙げてもらって、用事を済ませた。

庫裏の外へ出たところで、三十歳前後の、ふっくらとしているが整った面差しの女が現れた。薄い化粧をしている。

「正紀様」

女は丁寧に挨拶をした。

「これは、おりく殿」

仲達の女房だ。住職は妻帯できないが、それは表向きの話だ。寺の外に家を持ち、夫婦のように暮らしていた。二人の間には、十歳になるおまつという娘もいる。

おりくは、寺での寝泊まりはしないが、通いで手伝い仕事をしていた。茶の湯に造詣(ぞうけい)があって、京と交流を持っていた。高岡藩の茶室で茶会を催すときには、顔を見せていた。

「京様はご健勝(けんしょう)で」

腹の子を案じている様子だった。順調だと伝えて別れた。

二

この後正紀と正広は、書き写した商家の檀家を回ってみることにした。家臣に行かせるのでもかまわないが、正広は自身で行ってみたいと口にした。

どこまでやれるか分らないが、勧進を体験したいらしい。竹内は当てにならないから、自分が動かなくてはならないと感じたのかもしれなかった。家臣が行くよりも、世子が出向く方が寄進は集められそうな気もする。

佐名木と竹内は、屋敷へ戻らせることにした。植村と水澤はついてこさせた。

まず行ったのは、湯島四丁目にある筆墨屋だった。大店とはいえない店構えだが、堅実な商いをしているように見えた。ここの主人とは、檀家の集まりで一度だけ話をしたことがあった。

浜松藩が声掛けをしない店だ。

「ご本堂の改築でございますか。それは何よりでございます」

正紀の話を聞いた中年の主人は、まずそう言った。顔をほころばせている。

「そこでだが、勧進を願えまいか」

「なあるほど。そういうお話でございますか」

仏頂面にはならなかったが、ぜひとも関わりたいという顔ではなかった。

「飢饉や凶作といった土地があって、近頃は物の値が上がっております。うちも、値を上げざるを得ませんでした。そのせいか、お見えになるお客様もめっきり減りましてね」

商人がこういう話をしてくるときは、おおむね断りを入れてくる。それは塩や醬油との関わりで感じたことだ。

これはだめだとあきらめかけたところで、主人が言った。

「少しばかりでよろしければ」

檀那寺（だんなでら）だから仕方がない、といった口調だ。

「む、むちろんだ。これは、気持ちだからな」

寺侍の塚原が用意していた、まっさらな勧進帳を手渡した。これに金額を記入し署名をしてもらう。

金額は、銀三十匁だった。銀の相場にもよるが、およそ一両の半分である。がっかりしたが、顔に出さないように気をつけた。

「吝いですね」

通りに出たところで、正広が言った。主人と話をしている間、正広は一度も声を発しなかった。若殿様という立場でしか人と話をしない。何をどう話したらよいか、見当もつかなかったのだろう。

「商人とのやり取りに、正紀殿は慣れておいでだ」

「いや、それほどではないぞ」

勧進をやり遂げなくてはならない、と思うからやっている。それだけだ。

次に行ったのは、神田四軒町の錠前職親方の家だった。同じ浄心寺の檀家でも、初めて顔を見た。

「本堂の改築話は、前から出ていやしたね」

話を聞いた初老の親方は、そう言った。浄心寺は、代々の檀那寺だそうな。

「へえ、お役に立たせていただきやすぜ」

面倒なことは口にせず、勧進帳を受け取った。筆を走らせ、名と四両という金額を記した。筆墨屋と比べると額が上がったのでほっとした。

しかし次の古着屋では、きっぱりと断られた。

「それどころじゃあ、ありませんのでね」

と言われたら、何が何でもというわけにはいかない。引き下がるしかなかった。

そうやって、十軒ほど回った。多くて五両、一両に満たない家もあって、一文も出さない家が三軒あった。とはいっても、出すのが嫌なわけではない。出せないのだと察した。

そろそろ夕暮れ時になっている。最後の一軒のつもりで、日本橋本材木町の高浜屋という材木問屋へ行った。楓川河岸にある店だ。広い木置場が隣接している。木の香が鼻を衝いた。

レ印がついていなかった店としては、大きい方だった。主人は喜三郎という四十年配の者だった。

「そうですか、改築が始まりますか」

正紀の言葉を聞くと、少しばかり顔をほころばせた。初めて知った様子で、ここへは建部らからの根回しはなかったようだ。浄心寺の檀家であっても、井上三家の御用は受けていない。

「私の家では、浄心寺が代々の檀那寺となっています。前に改築の話が出たときには、真っ先にうちの材木を使っていただきたいと名乗り出ました」

と言った。しかし正定公の容態が悪くなって、話は立ち消えになってしまった。

「この話が出るのを、待っていたのでございますよ」

「材木納入の者は、これから決めるという話だったぞ」

「さようでございましょう。檀那寺のためですからね、こちらとしては飛び切りの品を選びますよ」

喜三郎は笑みを浮かべている。

総額千二百両の普請だから、材木に費やされる金子は、相当なものになると思われた。材木問屋としては、請け負いたいと願うのは当然だろう。

「格安で、やらせていただきます」

と言い足した。

正紀はここで、勧進の話を切り出した。喜三郎はふむふむと、目を輝かせて聞いた。

「ぜひとも、勧進をさせていただきます。十両でいかがでしょう」

今日回った中では、最高額だった。こちらとしては、大助かりだ。

「しかしな、それで材木の納入ができるかどうかは、定かではないぞ」

一応は、釘を刺したつもりだ。

「分かっておりますよ。これはご先祖様への、供養のつもりでございます」

勧進帳に、名と金額を記した。

楓川河岸の道に出ると、あたりはすっかり薄闇に覆われていた。

「おい、正紀ではないか」

声をかけてきた者がいた。こういう呼びかけをするのは、ごく限られた者だけである。北町奉行所高積見廻り与力の山野辺蔵之助だった。

山野辺は、正紀が幼少のころから剣術を学んだ神道無念流戸賀崎道場の同門である。同い年で、身分を超えて、おれおまえの付き合いをしてきた。共に免許の腕前になっている。

ただどちらも多忙の身になった。なかなか道場で顔を合わせることはない。それでも、高岡河岸に下り塩や淡口醬油を入れる折りには力を貸してもらった。

「なぜここに」

と問いかけられた。普段ならば、縁のない場所だ。

そこで正紀は、菩提寺浄心寺にまつわる話を伝えた。

「なるほど、高浜屋と同じ寺だったわけか。若殿様も、難儀なことだな」

高浜屋を知っているような口ぶりで、山野辺は応じた。少しは同情をしてくれているらしい。

「おまえはなぜここに」

「いや実は、高浜屋に不審な出来事があってな」

山野辺は、木置場の材木が倒れて、番頭が大怪我をした話をした。

「なるほど、へたをすれば死人が出たわけだな」

「そうだ。捨て置けば、また何かが起こるやもしれぬ」

あれこれ聞き込みを続けているが、有力な手掛かりは摑めていないと言った。懐から似面絵を出されたが、見覚えのない顔だった。

「高浜屋は、どこかから恨みでも買っているのか」

「今のところ、それは見えてこないがな。今後どうなるかは、分からぬ」

そう山野辺は応じた。

どちらも、互いの役目に関われるものではない。しっかりやろう、と言い合って別れた。

三

正広とも別れて、正紀は高岡藩上屋敷へ戻った。廊下を歩いていると、佐名木の用部屋から、明かりが漏れていた。

勘定頭の井尻と何か話している様子だった。そこで声をかけ、部屋の襖を開いた。

文机を挟んで、佐名木と井尻が向かい合って座っていた。文机の上には、藩の出納帳や備品目録などが置かれている。

改築に関する分担金をどうするか、話し合っていた模様だ。もう一つの文机では、勘定方の下役が、算盤(そろばん)を弾いている。

「少しばかり高岡河岸で稼いだところで、とても追いつかぬ額ですからな」

「いかにも、よほど思い切ったことをなさねばなるまい」

正紀は佐名木の言葉に応じた。

戸川屋との間にあった借金を、ようやく返す目途が付いた折も折である。息つく間もなく押し寄せてくる責め苦といってよかった。

高岡藩としては、何としても二百両を作らなくてはならない。できないからといって断絶はないにしても、藩としては面目を潰す。正棠や建部は、一門として正紀の廃嫡を求めてくるだろう。

「当家にしてみれば、とんでもない災難でございます」

井尻は言った。律儀(りちぎ)なだけの小心者だが、この言葉には意思が込められている。勘定方として、何とかしたいという気持ちは伝わってきた。人に押し付けてはいない。

しかし切り詰められるところはすべて切り詰めて、一年の資金繰りを立てていた。

何度算盤を弾こうと、結果に変わりがあるわけがなかった。

「藩内の宝物庫にある、茶器や掛軸、そういった品を売るしか、手立てがないのではござらぬか」

意を決したように、井尻は口にしていた。

「そうかもしれぬな」

と佐名木が応じている。

正紀にしてみれば、宝物庫などという代物が邸内にあるとは知りもしなかった。

「二百両にもなるようなお宝が、入っているのか」

あるならば、これまでも使わねばならぬ機会があったはずだった。

「いや、あらかたは売ってしまっておりましてな、どれほどの品があるかは存じませぬ」

心もとない返答だ。

「和様の、狩野派の軸や屏風(びょうぶ)なればございます」

佐名木の言葉を、井尻が受けた。

「和様の品か」

そう考えると、売りにくい気がした。前にも、水墨画の軸を出して貰った。さらに求めれば、面倒なことになりそうだ。

「幾振りかの、刀剣があったのではなかったか」

思い出したように、佐名木が言った。

目録を改めてみると、七振りが収められていることが分かった。刀工の銘として、『越前守助広』というものもあった。名だけを見れば、勇ましい。

「では、持ってまいりましょう」

井尻と下役が、蔵まで取りに行った。

そして七振りが運び込まれた。

「これか」

我知らず、ため息が漏れた。拵えは古い。柄糸がほつれていたり、黴が生えていたりしたものもあった。ろくに手入れもしていなかったのだろう。

中でも一番みすぼらしいものを、井尻が手に取り、刀身を引き抜いた。一同が注目している。

「おお」

居合わせた者は、声を上げ、そしてため息を漏らした。

「見事な赤鰯だな」

佐名木が言った。刀身のあらかたに錆が浮いていて、金に換えられるとはとても思えなかった。

「これはどうか」

正紀が、木箱に入っていた刀を手に取った。七振りある中では、一番まともな拵えだった。箱書きには、越前守助広と記されている。

これも抜いてみた。

「ああ」

またしても声が上がった。しかしこれは、酷かったからではない。錆などなく、冷たい地鉄が行燈の光を跳ね返した。顔を近付けると、正紀の顔を映した。

「これは、それなりの値で売れそうですな」

佐名木が言った。助広は、延宝期の名の知られた刀工だと言い添えた。

他の刀も、すべて抜いてみた。最初の刀ほどではないが、錆が浮いているものが他にもあった。

「研いでも、売り物にはならぬでしょうな」

刃こぼれがあるものもある。だがそれ以外は、いかほどになるかはともかく、金に換えられそうだった。

「金貸しから借りては、雪だるまのように利息が増えて行くでしょうからな」

仕方がない、という顔を佐名木はした。

親戚筋は、どこへ行っても借りられない。それはこれまでのことで分かっている。

「他に策はないな」

と正紀は応じた。ただこれらの刀は、高岡藩井上家の品である。藩主の許諾を得ずに、売り払うことはできない。

大坂にいる正国に飛脚を出して事情を伝え、許諾を得ることにした。

「どれほどの額で引き取るか、知らなくては次の手が打てませぬ。明日にも刀剣売買の商人を呼びましょう」

井尻が言った。

この後で、正紀は京の部屋へ行った。「ご気分がすぐれず」はなかった。つわりは、幾分楽になったらしかった。辛いときは、まるで別人のような表情になる。

「ご本家では、どのような話がありましたか」

浜松藩へ出かけていたことは知っているので、まずそう問いかけてきた。

「浄心寺本堂の改築を行うことになった。勧進をいたさねばならぬ」

「一苦労でございますね」

二百両の分担金については、触れなかった。面談はできても、体調が良いわけではない。そういうときに、厄介で面倒な金の話をするのは憚られた。当たり障りのない話だけをした。


翌日、勧進を求めての檀家回りは、植村と徒士頭の青山太平に行かせた。青山は下り塩の運搬のときから、身を挺して正紀の力になろうとしていた。

そして正紀と佐名木は、呼び寄せた刀剣商いの者と向かい合った。錆の浮いた刀は、初めから出さない。越前守助広を含めた四振りを見せた。

「では、拝見をいたします」

中年の商人は物腰こそ丁寧だが、したたかそうに見える。口に懐紙を銜えると、最初の一振りを抜いた。鋭い眼光を向けている。目を向けた当初は緊張があったが、すぐにそれが解けた。

「これは、鈍刀以外の何物でもございませぬ」

あっさりと言った。正紀と佐名木は、声も出せなかった。名刀でないのは、初めから分かっていた。

二振り目は、刀身を見ただけでなく、柄から外して茎までを検めた。そこには刀工の銘が彫られている。

確かめた後で、ふうと商人はため息を吐いた。

「これはなかなかの銘品ですが、惜しいですな。小さな刃こぼれがございます。七両といったところでございましょうか」

刃こぼれの部分を、指で示した。金額を聞いた正紀と佐名木の方が、今度はため息を吐いた。

次の一振りも、茎まで検めた。錆も刃こぼれもなかったが、六両という値をつけられた。刀工の名が、不満だったらしい。

そして最後に手を出したのが、越前守助広の一振りである。

「ううむ。これは」

刀身を目にしたところで、声を上げた。もちろん茎も検めた。

「助広の手によるものに、間違いありませぬな。刃こぼれもない」

この言葉を聞いて、正紀は胸を撫で下ろした。こうなると、引き取り額に関心が行く。

「どうだ」

身を乗り出した。

「六十両で、いかがでございましょう」

「そうか」

告げられた額が、妥当なものなのかどうか、正紀には分からない。ただ三振りを合わせると、七十三両になることが分かった。佐名木も、この金額に異を唱えはしなかった。

高岡藩には、余分な金子など一両もない。この金があるとなしとでは、大きな違いだった。

四

昼過ぎになって、正紀は霊岸島富島町の桜井屋の江戸店へ行った。桜井屋は、下総行徳に本店がある。もともとは地廻り塩の問屋だったが、やり手の隠居長兵衛は、今の江戸店の店舗を買い取って、下り塩と淡口醤油の商いを始めた。

この商いを始めるにあたっては、正紀が力を貸している。高岡河岸を荷の中継地にして、霞ケ浦や北浦、銚子を中心にして商いを広げていた。

正紀とは、祖父と孫といっていいような歳の差があるが、昵懇の間柄だ。

その長兵衛が、江戸へ来ている日だった。商いの話も聞きたいし、勧進を進めるにあたっての知恵も借りたいと思った。

下り塩と淡口醤油にまつわる話を聞いた後で、正紀は本家の主導による浄心寺の改築にまつわる話をした。長兵衛には、直截に藩財政が火の車であることは伝えていない。しかし見当はついているはずだった。

「さようですか。浜松藩のご家老様は、無茶なことをなさいますなあ」

話を聞いた長兵衛は、浄心寺の改築など関心がないという顔で言った。西にある浜松藩はともかく、高岡藩も下妻藩も凶作にあえいでいる。それを知った上での話だからだが、桜井屋にしてみれば、関わりのない話といってよかった。

正紀も、勧進を求めたわけではなかった。

「この時期に勧進を募るのは、たいへんでしょう」

憐れむ気配さえ感じた。とはいっても、長兵衛は根っからの商人で、同情で動く者ではない。

「集まりましたか」

と続けた。集まってはいないだろうと、目が言っていた。

「これからだ」

「それは、そうでございますな」

そもそも、飢饉凶作の折にする話ではない。だから長兵衛は『無茶』という言葉を使ったのだ。正紀にしてみれば、軽くいなされた感じだ。

これで話題を変えられても仕方がないところだが、長兵衛は真顔になった。

「浄心寺は、桜井屋とは何のかかわりもございません。ですから寄進はいたしませんが、高岡藩には桜井屋から十両を出させていただきましょう」

「さ、さようか」

これは驚いた。頼んでも、あっさり断られると思っていた。

「下り塩も淡口醬油も、よい商いになっておりますのでね」

と言った。利を得られているから金を出す。損しかしない相手ならば、鐚一文出さない。商人らしい考え方だ。

高岡藩は、桜井屋にとっては金を出してもいい相手ということになる。これは長兵衛なりの評価なのだと受け取った。前に金銭の助力を求めたときは、応じなかった。

「高岡藩の年貢米の仲買いと、輸送の船問屋を訪ねてみてはいかがでしょうか」

長兵衛は言った。

「ううむ」

気の進まない提案だった。堤普請のときに泣きついて、あっさり断られた相手である。あの時に主人や番頭が見せた、冷ややかな眼差しは忘れない。

ただ気が重いとはいっても、やらないわけではない。長兵衛の言葉だから、もう一度行ってみようと思った。商人には、商人なりの嗅覚がある。それは侍である自分には、分からないことだ。

「精いっぱい、なさるがよろしい」

まるで孫を見るような目で言われた。

桜井屋を出て、まず行ったのは深川堀川町にある藩米の仲買い安房屋である。高岡藩の年貢米を換金している店だ。

「これは、おめでたい話で」

話を聞いた安房屋の番頭は、まずそう言った。正紀にしてみれば、めでたくなどない話だが、番頭は顔に笑みを浮かべた。

そして主人に相談をしに奥へ行った。戻ってきたときには、小判を載せた三方を手にしていた。

「これは、取り立てでのことでございます」

小判は五枚あった。受取証を書かされた。しかし杭の寄進を求めたときとは、まったく違う対応だった。

あのとき正紀は、尾張藩の縁者ではあっても部屋住みで、取引のある高岡藩の世子ではなかった。その違いが、これだと察した。

次に深川伊勢崎（いせざき）町にある船問屋俵屋（たわらや）へ行った。期待はしていなかったが、応対に出た主人に、ともあれ事情を話して寄進を求めた。

「いや、ご奇特なお志で」

断られたら、あっさり引き上げるつもりだった。ところが主人は、顔に笑みを浮かべている。

「十両、出させていただきましょう」

と言った。桜井屋と同額だ。これには仰天した。前は、仏頂面だった。

「高岡河岸へは、塩や醬油を運ばせてもらっています。先日は、京の織物も運びました。これからも、よろしくお願いいたします」

織物は、桜井屋がついでに西国から仕入れたものだ。桜井屋にも荷船があるが、高岡河岸へ行くためだけの船ではない。載せきれないときが少なからずあり、そのときは俵屋の荷船を利用した。

「なるほど」

付き合うことで、さらなる利を生むと踏んだからだ。商人の現金さが、身に染みた。長兵衛の眼力は確かだ。商人が金を出すのは、どういうときかを学んだ。

刀剣を売った代金と合わせれば、九十八両になる。

高岡藩上屋敷へ戻ると、京が不機嫌な顔で御座所へやって来た。何か言いたいらしい。つわりが辛い、というのではなさそうだった。

「井尻より、浄心寺改築の分担金二百両の話を聞きました」

「そうか」

面白い話ではないので、京には伝えなかった。体調が悪いときに、聞きたい話ではないだろう。

「なぜ昨夜、その話をなさらなかったのですか」

明らかに、腹を立てていた。正紀は、剣幕に押されている。

「いや、それは」

隠したつもりはない。頼りにならない相手と、見下したわけでもなかった。わけを伝えようとする前に、京が先に口を開いた。

「私は、あなたさまの何でございますか」

そこまで言われると、返答のしようがない。どう話すかと思案しているうちに、京は部屋から出て行ってしまった。

「ううむ」

困惑する正紀。満足に、言い訳もさせてもらえなかった。

また「ご気分がすぐれない」が続くのかと思うと、やりきれない。正紀にしてみれば、気遣ったつもりだった。

柱を蹴飛ばした。

夕刻になって、檀家を回って寄進を募っていた植村と青山が戻ってきた。二人は、めげた顔をしているわけでもなかった。正紀は勧進帳を検めた。

「ほう、八両余りだな」

まずまずの成果だ。

ただこれは、藩の分担金の内には入らない。別途の五十両の方だ。

「明日も、回りまする」

植村と青山が口を揃えた。

五

山野辺は似面絵を手に、高浜屋および主人喜三郎らが名を挙げた四軒の材木問屋周辺での聞き込みを続けていた。

しかし高浜屋はもちろん、他の四軒からも、手掛かりらしいものは得られなかった。聞き込みは隣接する町にも広げているが、首を傾げられるばかりだった。

「見当違いの調べを、しているのか」

と山野辺は思い始めていた。

四軒のうちの一つ、小佐越屋がある冬木町は、堀端の道を歩くと、そう遠くないところに三十三間堂（さんじゅうさんげんどう）がある。千手観音（せんじゅかんのん）を本尊とした、京の蓮華王院（れんげおういん）を模して創建されたものだ。木置場に近い深川の東の外れだが、参拝する者は多い。したがって門前町もあって、女郎屋や飲食をさせる店が並ぶ界隈があった。

商売敵四軒についての聞き込みは、ここで終わらせようと思いながら門前町での聞き込みを始めた。通りかかった豆腐屋の親仁（おやじ）、茶店で給仕をする娘、屋台の唐辛子売りなどに声掛けをしたが、似面絵に似ている者はいても、確信をもって男を「知っている」と口にした者はいなかった。

酒を飲ませる店へも行った。二軒目の店で、中年の女中が初めて「おや」という顔をした。

「この顔、うちでお酒を飲んでいったことがありますよ」

似面絵の四角い顔を指さして言った。

「いつのことだ」

「そんなに前では、ないですよ。数日前くらいじゃないですか」

常連客ではないらしい。詳しく思い出させると、高浜屋の事故があった日に近かった。暗がりで、ようやく指先に何かが触れたという印象だ。はやる気持ちを抑えて問いかけを続けた。

「一人で来たのか」

「違います。小佐越屋さんの番頭伊四郎さんとお見えになりました」

「小佐越屋だと」

一気に、腹の奥が熱くなった。関わりがあるかないかもわからない、その他いくつかの中の一つでしかなかった店が、いきなり話の中心に出てきた。

「来たのはそのときだけで、お代は伊四郎さんが払いました」

いたのは半刻くらいの間だったとか。話の内容は分からない。真顔で話していたときもあれば、笑いあっていたこともあったような……。

「でもうちに来たのはそれきりで、似面絵を見なければ、思い出すこともなかったと思います」

歳の頃は、三十前後に見えたとか。伊四郎は三十半ばで、ときおり若い衆を連れて飲みに来る。似面絵の男と来たときは、二人だけだった。

小佐越屋の小僧や荷運び人足の何人かには、すでに似面絵を見せている。しかし知っていると告げた者はいなかった。店に関わりのある者ではなさそうだった。

「伊四郎とは、どういう男か」

女中に評判を聞いてみた。

小佐越屋は、十五年ほど前に下野国から江戸へ出てきた材木商だとは、町の自身番で聞いていた。主人は文吾左衛門という四十八歳の者で、伊四郎はこれについて江戸へ出てきたと女中は言った。ただそれ以上、細かいことは分からない。

「若い衆と来るときは、いつも代金は伊四郎さんが払いました。だからみんな、下手に出ています。怖がっていると感じることもあります」

「なぜか」

「さあ、乱暴なところもあるのかもしれません」

番頭でも、体格は人足たちに劣らない。強面だが、金払いは悪くなかった。店にしてみれば、上客の部類に入ると言い足した。

山野辺は、仙台堀を隔てた対岸東平野町にある材木屋へ行って、そこの番頭からも伊四郎について話を聞いた。

「会えば、腰の低い人ですがね、商いはなかなかしっかりやりますよ。強引なところもあります。伸びてきている店ですから、いろいろなところで、多少のことはあるんじゃないでしょうか」

初老の番頭はそう言った。よその得意先を取ったという噂を聞いたことがあるが、商いなら、驚くほどではないとこの番頭は言った。

山野辺は、じかに伊四郎に当たってみることにした。顔は前に確かめた。抜け目のなさそうな目をした男だ。

店に入って、伊四郎を呼び出した。腰に差した十手に手を触れてから、例の似面絵を見せた。

「この男は、蔵前で悪さをした者でな。聞き込みをしていた。するとその方が、三十三間堂町の居酒屋で酒を飲んでいたと話した者がいた。それでやって来たのだ」

作り話だから、やった悪さについては触れない。伊四郎の顔や目の動きに、山野辺は気を配っていた。

「確かに、この男に酒を飲ませました」

あっさりと答えが返ってきた。期待したような、慌てるそぶりは一切見せなかった。

「どういう知り合いか」

店で使っている人足だと言ったら、そこから攻めるつもりだった。

「馬場通りでやくざ者に絡まれましてね、難儀をしていたところを助勢してもらいました。礼のつもりで、飲ませました」

その後は、会っていないと言い足した。

「どんな話をしたのか」

「どこの誰だか知らない相手ですからね、たわいもない話ですよ。相撲や富くじの話をしていました」

とらえどころのない話だが、嘘だろうとは言えない。

「名や住まいは、聞いたであろうな」

「ええ。豊吉とか豊助とか、言っていました。ただ住まいまでは聞きませんでした。もう一度会うわけではないと、思っていましたんでね」

似面絵の男について、それ以上は知らないと告げてくる言い方だった。

「付き合いのある、誰かの名を挙げたりはしなかったか」

「さあ」

首を傾げた。そして「お役に立てず、申し訳ありませんと」と言って頭を下げた。これで勘弁してほしい、ということらしかった。

半刻あまりも二人だけでいて、捜す手掛かりになる話が何もないというのは、かえって怪しいと感じた。そもそも似面絵の男は、店の商売敵である高浜屋で大きな事故を起こそうと企んでいた。

疑念は消えない。

ただ今の段階では、これくらいで引き揚げようと考えた。冬木町へ行って、もう一度あの女中に会った。

「伊四郎と男が話をしていたその近くで、飲んでいた者を覚えているか」

「ええと、それは……。ああ、青物屋のご隠居の嘉平（かへい）さんだったと思いますが」

青物屋の場所を聞いて、嘉平を訪ねた。鼻の先が赤い、痩（や）せた爺さんだった。似面絵を見せると、伊四郎と酒を飲んでいた男を思い出した。

「でも、聞き耳を立てていたわけじゃありませんのでね」

とは言ったが、思い出そうとしていた。

「油堀河岸の、堀川町がなんとか、と言っていた気がしますが」

「そうか」

無駄でも、当たってみる価値はありそうだった。

堀川町は、町の三方が掘割に囲まれていて、船による荷運びには適した土地と言えた。そこでたくさんの問屋が集まっている。荷船の行き来も激しくて、荷運び人足も大勢その周辺で暮らしていた。

艪音と荷運び人足の掛け声が、いつもどこかから聞こえてくる。活気のある町だ。

山野辺は、河岸で一休みしている荷運び人足に、似面絵を見せながら問いかけをした。初めの三人までは無反応だったが、四人目の男は「おや」という顔をした。

「豊吉じゃあねえですかね」

ほくろを指さして言った。一緒に荷を運んだことがあると付け足した。

「そうか」

やっと正体が知れたと、小躍りしたい気持ちだった。集まってきた男たちにも、似面絵を見せた。

「違えねえ、こりゃあ豊吉だ。そっくりだぜ」

という声も上がった。

「今どこにいるのか」

分かっているならば、すぐにも会いたいと思った。大番屋へ連れ込んで、問い質しをしなくてはならない。

「でもこの数日、顔を見ねえな」

「そういえばそうだ。あの野郎、何をしているのか」

行方を知る者はいなかった。ただ住まいを知っている者はいた。堀川町内にある裏長屋だという。すぐに足を向けた。

米問屋の倉庫の裏手にある長屋だ。井戸端にいた女房に似面絵を見せた。

「豊吉さんならば、あの家ですよ」

と教えてくれた。人がいる気配はないので、いつくらいに戻るのか聞いてみた。

「さあ、この数日は姿を見ません」

女房が言った。もともとは違う者が借りていたが、又借りで住みついたらしい。家賃さえ滞（とどこお）らせなければ、大家は文句を言わない。三月（みつき）か四月（よつき）くらいで、住人は変わっていた。

「どうせどこかに、これまでよりもいい稼ぎ口が見つかったんじゃないですか」

そう付け足した。

「行先の見当がつくか」

「そんなこと、いちいち口にするような人じゃありませんよ。そもそもあの人、無宿人だったんじゃないかと思いますけど」

せっかく摑んだ糸口だが、手繰り寄せようとしたところで、ぷっつりと切れてしまった。

「くそっ」

腹立ちが声になって、口から漏れた。

六

翌朝の読経の折には、京のつわりは辛そうだった。顔色がよくない。我慢しているのが、見て取れた。

先祖の位牌に対する読経は、欠かせぬものと京は思っている。けなげなことだが、無理をすることはないと正紀は感じていた。話そうと機会を探していたが、なかなかできないでいた。

ともあれ読経が済んで、正紀はすぐに声掛けをしようとした。しかしそれよりも早く、侍女の紅葉が近づいて、京の手を取った。見ていて尋常ではないと、気になっていたようだ。

「辛いときは、休むがよい。おれが、そなたの分も拝むからな」

正紀は立ち去ってゆく背中に声をかけた。

「はい」

京は振り返ることもできなかったが、返事だけはした。廊下へ出たが足がおぼつかない。途中、両膝をついて背を丸めた。戻しそうになっている。

正紀は近づいて、二の腕を摑み背中をさすってやった。嫌がるかと思ったが、京は断らなかった。

しばらくさすってやったところで、「かたじけのう存じます」と言った。少し落ち着いたらしい。紅葉に手を取られ、部屋へ戻っていった。

このところ、京の気分に翻弄されている。困ったものだとは思うが、つわりはいつまでも続くものではないと聞いている。早く治まるのを、待つしかなかった。

この日は、何人かの御用達の商人が屋敷へやって来ることになっていた。相手をするのは井尻だが、正紀も顔を出すことにした。

浄心寺への、寄進を求めるのである。植村と青山には、今日も檀家衆の家を回らせている。それとは違い、藩の分担金に充てるものだった。

刀剣の処分や桜井屋、俵屋などの寄進を受けたが、それでも合わせて百両ほどにしかならない。今後、高額の入金は見込めないので、少しずつでも集めていかなくてはと考えていた。

「なるほど、ご本堂の改築でございますか。羨ましいお話でございますなあ。うちでは、屋根の修理もままなりませぬ」

話を聞いて、薪炭屋の主人はまずそう言った。嫌味にも取れるし、寄進を求められることを察して先手を打ってきたとも感じられた。

すると、言葉を聞いた井尻が反応した。

「まったくだ、物の値は上がるばかりだからな。当家でも、薪炭の仕入れを減らすか、安価で卸す者を探さねばならぬ」

「ええっ」

主人は目を白黒させた。

井尻は小心者だが、出入りの業者には強く出る。正紀には、とてもできない真似だった。

「いやいや、畏れ入りましてございます。ならばうちでは、二両を寄進させていただきましょう」

薪炭屋の主人はそう言った。

次に姿を見せたのは、紙問屋の番頭だった。紙は安価な物品ではないが、使わざるを得ないものだ。佐名木も井尻も、藩士には節約を促していた。

「ご信心深いことで、何よりでございます」

番頭は、もみ手をしながら愛想笑いを浮かべた。そして続けた。

「お役に立ちたいと存じまするが、私の一存では、お返事ができません。主人の判断を仰ぎたいと存じます」

番頭は逃げた。余分な金など、出したくないのは当然だろう。

「いかにも、その方の申すことは当然だ。明日にも配下の者を、その方の店に行かせよう」

井尻は、周到だ。逃がさない。守るだけが取り柄だと思っていたが、意外な使い道があるのだと知った。

次は、乾物屋の主人だった。中年の、一癖ありそうな者だ。

「なるほど、ご寄進の話でございますな」

にこやかに応じた。薪炭屋や紙問屋とは、違う反応だった。そのまま言葉を続けた。

「若殿様がおいでならば、かえって好都合でございます。私どもの店で、龍野の淡口醬油を扱わせてはいただけませんでしょうか」

評判がいいと悟って、取引してきたのだ。正紀が頷けば、寄進をしてもいいと匂わせている。

淡口醬油は、江戸では大松屋だけが扱うことになっている。下総や常陸では、桜井屋だ。正紀が、勝手に許諾をしていい話ではなかった。

「それは、無理だ」

正紀は、はっきり伝えた。

「それは残念な、お話で」

主人は、声を上げて笑った。引き上げるまで、寄進をするとはついに言わなかった。

「当家が買う乾物の量は、それほどの利にはならぬのでしょう。あやつは、計算高い者でございまする」

井尻は、自分のことを差し置いて言った。

「商人とは、あからさまな者だな」

こちらが客のときは下手に出るが、いざ自らが金を出すとなると見せる姿が変わる。これは竹腰家にいたときには、体験のできないことだった。

出入りの御用達商人との対談を終えた後、正紀は淡口醬油を扱う大松屋へ行った。すぐに主人の亀八郎が、挨拶に出てきた。

正紀にしてみると、ねだるようで気が引けたが、頼まないわけにはいかなかった。

「なるほど、菩提寺の改築でございますね」

亀八郎は、正紀の話をいちいち頷きながら聞いた。

「正紀様のお申し出ならば、喜んで寄進をさせていただきます。十両でいかがでしょうか」

断りはしないと思っていたが、思いがけず高額だった。亀八郎は正紀のために、できる精いっぱいのことをした。その気持ちが、伝わってきた。

ただこれで、正紀が寄進を頼める相手がなくなった。しめて百十両ほどになるはずだが、その先がまったく見込めない。

「どうしたものか」

思案に暮れた。前途遼遠と言ってよかった。

その頃、檀家を回って勧進を求めている植村と青山も、苦戦を強いられていた。回る先は浄心寺の檀家ばかりだから、皆、力にはなりたいと思っている。しかしない袖は振れない。

「あいすみません。これでご勘弁を」

小さな下駄屋の主人は、五匁銀一枚を差し出した。少しばかりで申し訳ないという顔だ。

「いやいや、かたじけない」

不満な顔はしない。鐚一文でも、出したくないのが本音だからだ。

仕入れ値が上がるから、売値も上げなくてはならない。しかし上げれば、途端に売れなくなる。食べ物ならば、食べないままではいられない。しかし下駄は、擦り切れてもそのまま履き続ける。

「うちのような商売は、たいへんでございます」

主人は肩を落とした。

「今はご勘弁を。そのうちいつか」

艾屋の女房は、そう言って頭を下げた。灸をすえる艾さえ、もったいながって市井の者は我慢をする。

東北は飢饉、江戸は物価高。苦しい台所事情は、植村も青山も、理解できた。

七

浜松藩江戸家老建部からの申し出を受けた正広は、先に戻っていた江戸家老の竹内に藩財政の詳細が分かる綴りと、備品の目録を用意させた。藩の財政が苦しいのは分かっていたが、具体的なことは伝えられていなかった。

世子となっても、藩内においては部屋住みだった頃と何も変わらなかった。

これまでは、それでも支障をきたさなかったが、今回はそういうわけにはいかない。二百両がないならば、拵えなくてはならないのである。

竹内と、勘定頭八重樫平左(やえがしへいざ)が、藩庫にある金子について説明をした。

新田開発が功を奏するのは、まだ先だ。国家老の瀬川は、こちらが望むような反応をしない。正広にしてみれば、じれったい気持ちでいた。

「下妻の領地は鬼怒川沿いで、水には恵まれておりました。しかし冷夏が響きました。凶作の一歩手前と言ったところでございました」

八重樫は言った。歳は三十八、正広が進めようとしている新田開発について、背を押す役割をしている人物だった。

派手好みな正棠や側室お紋の方を、快く思っていない。正広にしてみれば、竹内などよりもよほど信頼に足る者だった。

「では浄心寺改築について、どれほど出すことができるのか」

知りたいのはそこだ。

八重樫は綴りを捲りながら、算盤を弾いた。

「百十両ほどかと存じます」

苦々しい顔での、返答だった。

「そうか」

予想はしていたが、話にならない額である。どうすればいいのか、見当もつかなかった。

正広はまず、竹内に目をやった。江戸家老としての、意見を聞こうと思ったからだ。できることがあるならば、そこを話し合いたい。

竹内は、目を泳がせた。

「藩の御用達商人から、集めるしかありますまい。ひとえに若殿様のご尽力にかかっていると存じます。それがしどもは、お指図に従うばかりでございます」

またもや竹内は、逃げを打った。正広に押し付けている。

「歳出を削れば、もう少し出せるのではないか」

正広は、八重樫に問いかけた。八重樫の方が、力になると思うからだ。自尊心が高いだけの者はいらない。

「すでに削れるところは、削っておりまする。それができなかったのは、殿およびお紋の方様の御用に資する費えでございます」

「どういうことか」

「殿におかれましては、思いがけぬところで金子をお使いになられます。それはお紋の方様も同様で」

気に入った馬がいれば買う。うまいと評判の料理屋があれば繰り出す。節約を願う家臣の言葉は、聞き入れない。万事に贅沢(ぜいたく)という話だ。

「藩庫の百十両も、いつ何かでお使いになられてしまうか分かりません」

八重樫は、困惑顔だ。ただ竹内と違うのは、人に押し付けたりはしないことだった。

「御用商人には、それがしが当たります。少しでも多く、寄進を得られるようにいたしましょう」

覚悟のある表情で言い、そして続けた。

「殿やお紋の方様にかかる費えを、減らしていただかなくてはなりませぬ。ここで藩庫にある金子について、手を出されてはたまりませぬ」

「分かった、そのお願いはそれがしがいたそう」

たとえ不仲ではあっても、己一人のことではない。正棠にしても、それは分かっているはずだ。

果たせぬ場合は、責めが世子である自分に来たとしても、正棠も一門として面目を潰す。分家の藩として、乗り越えなくてはならない問題だった。正棠の知恵も、借りなくてはならないと思った。

また世子とはいっても、勝手な動きは許されない。藩内での正棠の力は絶対だ。八重樫のように、正広に従おうとする者は少数派といってよかった。

そこで正棠に面会を求めた。浄心寺改築に関して、どのような考えを持っているのか聞きたかった。

「殿は、ご多忙でござる」

側用人は、冷ややかな顔で言った。面談は、すぐには実現しなかった。じりじりと待たされたのである。

「どういうおつもりか」

正広の腹心水澤は、怒りを顔に浮かばせた。正棠は、のらりくらりとこちらの願いを無視した。こういうことは珍しくはないが、期限が切られている話なので、焦りが募った。

目通りがかなったのは、浜松藩の建部から話を告げられてから四日目のことだ。

正棠は、面談の初めから不機嫌だった。

「建部殿から話を聞いて、すでに四日が経つ。その間、ぼんやりしていたわけではあるまい。どのような目論見を立てたか、存念を申してみよ」

と言ってきた。助言も打ち合わせもない中で、おまえはどうするのかと問い質してきたのである。

もちろん、正広なりに思案してきたことはあった。ただそれは、正棠にとって、面白くない話になるはずだ。

口ぶりからして、共に難題を切り抜けようとする気持ちは微塵(みじん)もなさそうだ。

「まずは、藩庫にある金子を検めました。使える金子は、百十両。これは何があっても、手を付けないようにしていただきませぬと、改築に当たっての二百両は出せませぬ」

「…………」

正棠は、正広を睨みつけている。正広は怯みそうになる心を励ましながら、言葉を続けた。

「次に、節約せねばならぬもろもろが、ございまする。まずはやろうとしていた畳替えを、先延ばししたく存じます。客間だけは、そうも参りませぬゆえ除きまするが、他はすべてでございます。殿の御座所についても、お願いいたします」

さらに正棠やお紋の方を含めた、主家の着物や調度の新調なども取りやめ。できる節約は、すべてしなくてはならないと伝えた。

それでも、まだ足りない。御用達商人から、寄進を募るということも伝えた。ここでは口にしないが、寄進は思ったほど集まっていなかった。八重樫が苦労をしているのを、目の当たりにしていた。

だからこそ、正棠には聞き入れてもらいたいところである。八重樫や水澤とも、知恵を絞りあっていた。他に手立てがあるならば、聞きたいくらいだった。

けれども、受け入れることはないだろうという気がしていた。藩の面目という点は考えず、自分を困らせ追い詰めるつもりならば、かえって反発するだろうと感じていた。

予想は、当たった。

「わしや紋の費えを減らせとは、何事だ。その方いつから、当主に指図ができるようになったのか」

と、怒鳴りつけてきた。握りしめた扇子の先が震えている。知恵を借りるどころではなかった。

正棠はさらに続けた。

「藩庫にある百十両は、危急の折に使うものだ。必要があれば、使うのは当然だ」

口から、唾が飛んでいた。手を付けるぞと、告げたようなものだった。

「ごもっともでございます。その危急の折が、今だと存じ上げます」

正広はここで、両手をついて畳近くまで頭を下げた。

「その方、猪口才なことを申すな」

下げている頭に、固いものが当たった。何かと思うと、正棠が投げつけてきた扇子だった。痛みが、少しの間頭に残った。

「不埒者め。その方は己の才覚を奮わせられず、人に苦労を押し付けているだけではないか。なぜ己の力で、金子を調えると申さぬのか」

正広は下げていた頭を上げた。もう何も言い返さない。言っても無駄だと思うからだ。正棠が言葉を続けた。

「そもそもその方を世子とするのは、時期尚早だと考えていた。諸般の事情でこうなったが、なった以上は、命じられたことをなさねばなるまい。できぬのならば、ご本家に面目が立たぬからな。その折には、身を引く覚悟でかかれ」

言い捨てると、正棠は立ち上がった。そのまま、部屋から立ち去って行ったのである。

「なるほど」

と正広は思った。正棠にどのような含みがあるかは分からないが、こちらがなすことに、邪魔をしようとしている。本堂の改築に絡めて、自分を潰す腹だと悟った。

第三章　両替屋の倅

一

正棠との無念の対面を済ませた正広が御座所へ戻ると、案じ顔の八重樫と水澤が顔を見せた。どのような結果になったのか、気が気でない様子だった。

正広には藩内に敵は多いが、味方も少なからずいる。傲岸(ごうがん)で強引な正棠のやり方に、反発する者たちだ。奢侈(しゃし)を憂(うれ)える者もいる。長男である正広を重んじない姿勢に、疑問を持つ者もいた。

水澤もそうだし、勘定頭の八重樫も同じだ。江戸屋敷だけでなく、国元にも同志はいた。進捗しない新田開発だが、それでも正広の思いが投影されるのは、腹心といえる家臣がいるからだった。

「いかがでございましたか」

早速に問いかけてきた。

正広は、身の内に残る怒りをできるだけ抑えながら、話した内容を二人に伝えた。

「ふざけた話でございますな」

水澤は興奮ぎみに言った。

「殿の、若殿様に対するお気持ちが、伝わってきますな。我らはそれを、跳ね返さねばなりますまい」

同じ怒りがあるにしても、八重樫の言葉には決意もあった。

「国元に、使える金子はあるか。助力を求めることができるか」

正広が問うた。正棠の息がかからないところで、金子の用意ができるかという意味だ。正棠側に気づかれれば、もっともらしい理由をつけて潰しにくるだろう。

「国家老の瀬川殿は、正建様を跡取りに据えたいお考えです」

と八重樫。瀬川は浜松藩江戸家老の建部とは、姻戚関係にある。お紋の方は、建部の血縁の者で、伯父と姪の関係となる。瀬川の口添えで、正棠の側室になった。

したがって正棠と建部、瀬川の三者の関わりは強い。前の江戸家老園田次五郎兵衛が失脚したとき、中老だった瀬川を、正棠と建部が国家老に推した。お陰で竹内は、藩内では次席の江戸家老となった。

　正建が当主になれば、建部は下妻藩主の大伯父という立場になる。

　この三人にとって、正広は邪魔者でしかない。ただ落ち度のない状態で引きずり下ろすことはできないので、浄心寺の改築をその機会にしようと企んだのだと八重樫は踏んでいる。

　この件については、前にも正広と八重樫は話したことがあった。

「では、無理か」

　ある程度の予想はあったが、失望も大きかった。

「そもそも国元に、余分な金子はないと存じます。ただそれでも、多少は集められると存じますが、その金には瀬川殿が目を光らせていると存じまする」

「なるほど、厳しいな」

「しかし国元の勘定奉行笹尾甚太夫（ささおじんだゆう）殿は、若殿のお味方です。助力を得られるように、すでに親書を出しましてございます」

　八重樫は、すでに打てる手は打っていた。勘定方の藩士として、国元にもいたことがあるから、土地の商人とも繋がりがある。ただそれが、寄進集めにどこまでつながるかは疑問だった。

さらに八重樫は、続けた。

「殿は若殿を失脚させる腹ではありましょうが、下妻藩の面子を潰すつもりはないと存じます。藩庫にある百十両に手を付けることは、ないと考えまする」

「それはそうだろうな」

八重樫の言葉は、もっともだと思われた。水澤もそこで頷いたが、疑問の言葉も発した。

「では殿は、二百両の分担金を、どのようにしてお作りになるおつもりなのでしょうか。たやすいことではないと、存じまするが」

「うむ。それは拙者も考えたところだ。殿は、何よりも面子を大事になさる方だからな」

そう言って少し間をおいてから、八重樫は再び口を開いた。

「あるいは殿には、隠し金があるのやもしれぬ」

だから正広を困らせて、泰然としていられるという読みだ。

「卑怯ですな」

苦々しい顔で、水澤が応じた。

「しかし殿は、なぜそのような金をお持ちなのか」

正広にも、腑に落ちないところだ。どこから、どうやって手に入れたのか。あるいは手に入れる手立てがあるのか。

すでに八重樫は、何人かの藩御用達の商人を呼んで、寄進の要請を行っていた。ただ、思うようには進んでいない。これからも続けることになるが、他の手立てを講ずる必要があると正広は考えた。

このままでは、時を空費するばかりだ。

「ではどうするか」

正棠からは、助力も知恵も借りられない。自分は孤立無援なのかと考えたとき、一人の顔が頭に浮かんだ。同じ分家の世子、正紀だった。

「あのご仁は、高岡河岸の発展に尽くしておいでだ」

下妻藩も鬼怒川に隣接しているから、河岸場はある。しかし中継地として、高岡河岸のような便利さはなかった。そこに目を付けた正紀の目は鋭い。

正広は、正紀から知恵を借りようと考えた。

下谷広小路（したやひろこうじ）の高岡藩上屋敷へ行くと、正紀は留守だった。寄進を求めに出ているとの話だった。

「高岡藩の財政は厳しいであろう」

と想像がつく。家臣に命じるのではなく、自ら飛び回っているのは、いかにも正紀らしい。見習わなくてはと思った。

ただせっかく来たので、京には会ってゆくことにした。姉弟のような関わりを持ってきた。分家同士の間だから、幼い頃から顔を合わせた。

面談はすぐにかない、正広は京の部屋へ通された。

「おや、顔色が優れませんね」

挨拶をした後、すぐに気が付いた。青白い顔で、表情にいつものような覇気がない。

「はい。正紀さまにも、言われました。急に、気分が悪くなることがあります。でも正広さまのお顔を見て、晴れ晴れとした気持ちになりました」

体調が悪いのは明らかだ。

「ご無理をなさってはいけません」

「それは何よりです」

正広にしても、ほっとした気持ちになった。京は、すぐに話題を変えた。

「ご本家は、分家に無茶なことを押し付けてきましたね。正紀さまは、休む間もなく動いておいでです。飢饉や凶作の話を聞く折なのに、建部さまと正棠さまは、我らに何か企みがおありのようです」

京は心にあることを、はっきりと口にする。さらに自分の体調がよくないにもかかわらず、正紀を気遣う言葉も添えていた。

正広は、少し羨ましい。

また京は、朝の読経を欠かさず、祖先を敬う強い気持ちを持っていると聞いている。それでも本堂の改築には、疑問を持っている口ぶりだった。

「いやあ、困ったものです」

正広は京の前で、初めて弱気な言葉を吐いた。

二

大松屋からの帰路、正紀は日本橋を北へ渡って、室町（むろまち）の大通りを歩いていた。昼下がりの刻限だが、日は差していなかった。空はすっぽり、厚い雲に覆われている。四月になったというのに、どこか肌寒い。ただそれでも、江戸でも指折りの大通りだから人の姿は多かった。

駕籠（かご）や荷車が行き過ぎる。道端には、屋台店も出ていた。

正紀の気持ちは、天気のように冴えない。分担金をどうするか、そればかりを考えて歩いていた。集められるところはすべて当たってしまった。ここから先のめどが立たないのである。

このとき人通りの向こうから、男の怒声が響いてきた。

「この野郎。ふざけるな」

そう遠くない場所で、悲鳴のような声も上がっている。喧嘩か、物取りによる狼藉か。野次馬が駆け寄ってゆく。

正紀も気になって、人を掻き分けて怒声がしたあたりに近づいた。

「あれは」

やり取りの見えるところまで出て、声を上げた。

丸眼鏡をかけたひ弱そうな男が、浪人者を交えた四人の破落戸に囲まれていた。手に帳面と筆を持っていた。脇両替屋の跡取り房太郎だった。

雑穀屋の前で、破落戸たちの誰かとぶつかったらしかった。

「ぶつかったのは、私ではない。あんたらの方だ」

房太郎は、この前と同じで謝らない。自分は悪くないと主張をし、破落戸たちをさらに怒らせている。

毎日、物の値動きを調べて、記録にとどめている。それを銀や銭、物の相場を見るのに役立たせるのだと話していた。夢中になっていて、ぶつかったことさえ分からなかったのではなかろうか。

謝って済むならばさっさと謝ればいいのだが、房太郎はなかなか頑固だ。それで悶着になることがあると、祖母のおてつが嘆いていた。

「またか」

と思うが、縁ができた以上、捨て置けない。房太郎は破落戸の一人に、頬を殴られた。

ぺらっとした体だから、それだけでもふらついている。目を回したようだが、帳面と筆は手から離さなかった。次の一撃が、顎を襲おうとしている。相手は喧嘩に慣れているらしい。

正紀はここで飛び出した。顎を外されてしまっては痛かろう。脇にいた破落戸仲間の体を突き押した。殴りかかろうとしていた男にぶつけたのである。

「わあっ」

いきなりのことなので、破落戸たちは驚いた様子だ。

このわずかな隙に、正紀は房太郎の体を肩に担ぎあげた。そして日本橋方面に駆けたのである。

「何をしやがる」

破落戸たちが、追って来る。正紀は人や荷車を巧みに避けて走り続けた。

痩せた房太郎の体は、子どものように軽い。担いでいることが、少しも負担にならなかった。

脚力には自信のある正紀だ。いくつかの角を曲がると、追いかけて来る者を振り切ることができた。

「懲りないな、その方」

立たせてから、唇を切った房太郎に手拭いを渡した。

「ああ、これは井上様。またしても、お助けいただきましたね」

正紀に気が付いて、房太郎は頭を下げた。

「もしかしたら今日は、私の方からぶつかったかもしれません」

今になって、房太郎は言った。ならばさっさと謝ればよかったのだが、目と気持ちは、調べごとの方へ行っていた。

「それほど夢中になることがあったのか」

房太郎は変わり者だが、調べごとは極端なくらい丁寧だ。

「値動きに異変の前触れがあって、そちらにばかり気を取られていました。いよいよ、という感じです」

殴られたことなど忘れた顔になって言った。眼鏡の向こうにある目が、大きく見開かれた。

「大きく、値が上がる品があるのだな」

「そうです」

高揚をおさえる顔になって、息を継いだ。そして二日前から、米問屋や雑穀問屋といった、穀類を扱う店を探っていたと続けた。

「その中のどれかが、値上がりをすると睨んでいるわけだな」

「はい。すでに米は、天井値をつけています。少しは上がるかもしれませんが、これ以上の大きな値動きはありません」

「ならば、何が上がるのか。稗（ひえ）とか粟（あわ）といった類のものか」

房太郎が騒ぎを起こしたのは、雑穀問屋の前だったのを思い出して言ってみた。

「いえ、大麦です」

「ほう」

正紀は、米の値段には関心がある。大名家が取り立てる年貢は、米に限られた。この値がいくらかは、藩財政の増減にかかわるから注意をして見ていた。しかし他の雑穀などについては、農家が余業で作るもので、年貢としては徴収しない。もちろん大麦は雑穀ではないが、大名家では関心を持っていなかった。

「稗や粟といった雑穀でさえも、米の値に合わせて、すでに値上がりをしています」

「大麦は、上がっていないのか」

「いえ、そうではありません。上がってはいるのですが、他の穀類と比べるとはるかに割安です」

大麦は、通常米の半額ないしはそれ以下だが、米ほどの値上がり率にはなっていないのだそうな。

「米の値が上がると、多くの者は米に大麦を混ぜます。これからは、どんどんその量が増えていきます。その兆候が現れてきました」

求める者が増えるならば、おのずと物の値は上がる。しかも生産量は減っている。これは簡単な理屈だ。日々調べを続ける中で、房太郎はその変化の兆候に気付いたらしかった。

「いつ値上がりしても、おかしくないところでした。ですからいつ動くか、とても気になって調べていたんです」

「いよいよだと、申すわけだな」

「値上がり差額で儲けようという輩も、動き出しています」

年明けの頃は、もっと安かった。その頃に買って、短期で儲けたいと狙っている者は、値上がりを待って痺れを切らせている。しかしいずれ値上がりをするのは間違いないから、買おうとする者も現れてきた。

「この買いたい者と売りたい者が重なって、商い高が増えているのも確かです。そういう売買があった後は、えてして値が跳ね上がります」

「それは、その方の勘か」

「いえ違います。そういうことが、多いという話です」

房太郎は、自信に満ちた顔で言った。

「米問屋や、雑穀問屋を見てみませんか」

言っていることが、事実だと明らかにしたいらしい。

「そうだな」

急ぎの用事があるわけではない。房太郎が口にすることに、気持ちが引かれていた。

日本橋川の南側に出て、米問屋を覗いた。界隈でも目立つ、間口の広い店構えだ。

米と大麦の値が、紙に書かれて壁に貼られている。その数字に注目した。

「大麦は、今は一石が銀で四十五匁だな」

「はい。でも米は、一石で銀百七十匁にまで跳ね上がっています」

「大麦の値が通常米の半分ならば、一石銀八十匁くらいまで上がっても、おかしくないというわけだな」

「そうです」

他の米問屋へも行った。前よりも、間口の狭い店だ。ここでは大麦が一石銀四十匁で売られていた。米は一石百六十九匁である。次は雑穀問屋へ行く。ここでも大麦が売られていた。

「どうです。米の値に比べて、大麦は相当に割安です。いつ値動きがあっても、おかしくはありません」

買ってもよいのではないかと、正紀は考えた。藩庫には、百十両が眠っている。

「しかし値が下がることもあるのではないか」

念のため言ってみた。

「あります。でも私の鼻は、においをかぎ間違えることはありません」

「たいした自信だな」

そう言うと、房太郎は少しむっとした顔になった。

「井上様は、今年が豊作になるとお考えですか。そこまではいかないにしても、平年並みになるならば、米も大麦も、他の雑穀も値下がりするでしょう」

「なるほど」

正紀は、雲に覆われた空を見上げた。すでに四月だというのに、今日は肌寒いくらいだった。

「買おうかと、お考えですね」

「まあ、そうだな」

房太郎は、こちらの気持ちを見抜いていた。寄進の額を、これ以上増やすことはできない。房太郎の話を聞いたのは、天啓(てんけい)ではないかと受け取った。

「買うならば、今日明日中ですよ。ご存じの問屋があるならば、すぐにお声掛けをなさいまし」

「それほど急ぐのか」

「三、四日したら、どんどん上がっていきます。銀四十匁くらいでは、買えなくなっているはずです」

房太郎の物言いには、揺らぎがない。町では簡単に破落戸に絡まれるくらい不注意な面が多いが、物の値については確固たる考えがあるようだ。

「でも買うならば、現物でお買いなさいまし。証文では、店が潰れたならば、それで終わりです。相場が大きく動くときは、潰れる店も現れます。大きな貸し借りをするからです」

「あい分かった」

適切な助言だと思った。

三

正紀が高岡藩上屋敷へ戻ると、正広が訪ねてきていると聞かされた。京の部屋にいるというので、早速行ってみた。

京の顔色はよくない。しかし正広と話をしていたからか、表情は穏やかだった。京と正広は、忌憚（きたん）のない付き合いをする。夫婦になったとはいっても、自分とは違う。

そこに微かだが、正広に対して羨（うらや）む気持ちがある。ただ、誰にも伝えない。

「いかがでございましたか」

まず京が、問いかけてきた。こちらの状況を案じているのは、よく分かった。

「大松屋が、十両を出したぞ」

まずはよいことを伝える。しかし他に、寄進を得られる手立てはない。触れないことで、窮状を伝えたつもりだった。

「たいへんでございますね。お疲れさまでございました」

京はねぎらった。

「下妻藩は、いかがでござるか」

ここで正紀は、正広に問いかけた。多少の違いはあっても、苦労は同じだろうという気持ちがあった。資金の面では下妻藩の方が恵まれているはずだが、正広は藩内に敵がいる。一枚岩ではないから、やりづらいだろうと推量していた。

「いや、うまくいきませぬ」

剣術の稽古をしているときには見せることのない、弱気な気配だった。正広は、正棠とのやり取りの模様を話した。

「なるほど。潰そうという腹ですな」

そうとしか、返答のしようがなかった。

「どうか正広どのに、力をお貸しくださいませ」

京は、正紀が留守の間に、下妻藩の詳細を聞いていたらしかった。

「絶対の妙案ではないが」

正紀は、房太郎から聞いた大麦にまつわる話を伝えた。共に米問屋や雑穀問屋で、米や大麦の値を確かめてきたことも言い添えている。

「一石を銀四十匁の半ばで買って、八十匁で売ろうという話でございますね」

「そうだ。仮に十両分を買ったなら、十六、七両になるかもしれないという話だ」

京の問いに、正紀が応じた。

「大麦の値が、割安なのは確かですか」

「何軒もの店を見て回ったので、明らかだ。房太郎はすぐにも値上がりをするようなことを口にしたが、そこまでは定かではない。ただいずれは、妥当なところにまで値を上げるのは、間違いあるまい」

房太郎の受け売りだが、正紀はそう信じていた。

「しかし失うこともあります。二か月たっても、値が動かない場合もあります」

京は、慎重な意見を口にした。案じていることは、杞憂（きゆう）とは決めつけられない。ただ現物で買うわけだから、何が起こっても麦俵は残る。

「博奕（ばくち）ではないぞ」

正紀は告げた。壺（つぼ）を上げたら、すべてを失う話ではない。

「面白そうですね」

正広は、目を輝かせた。気持ちが乗っているようだ。

「どうなるかはわかりませんが、他に手立てはなさそうですね」

京も呟いた。

そこで正紀と正広、そして京の三人は佐名木の用部屋へ向かった。廊下を歩いているとき、正広が京に声をかけた。

「ご気分がすぐれないようですね」

「いいえ、大丈夫ですよ」

京は口元に笑みを浮かべて言った。正紀は、それでどきりとしている。どきりとしたのは、京の具合がよくない、ということだけではない。

自分が気づかなかったことを、正広が感じていたという点についてだ。大麦相場のことで頭がいっぱいで、京の体調へ気が回っていなかった。言われてみて、なるほどと思ったのだ。

小さなやり取りだ。しかし気持ちに響いた。

無理はさせたくない。けれども京を、部屋へ追い返すわけにはいかない。そんなことをしたら激怒するだろう。

そのまま佐名木の用部屋へ入った。用部屋には、井尻の姿もあった。

正紀はここでも、房太郎から聞いたこと、目にしたことの詳細を伝えた。

正紀の話を、佐名木は目立つ反応を示さないまま聞き終えたが、井尻はそうではなかった。後半あたりでは、そわそわしていた。話し終えると、さっそく口を開いた。

「それは、危ない話でございます。現物を買うとなれば、輸送のための代金もかかりまする。二か月の間に上がらなければ、いや値が下がっていたら、当家にとって大きな損失となりまする」

小心で堅物な井尻らしい意見だった。言っていることは、間違っていない。相場である以上、損失の虞（おそれ）が伴うのは当然だ。真剣に考えるならば、出て来るべき考えであろう。

ただ気になるのは、佐名木がどう答えるかという点だった。佐名木の意見で進むか退くか、はっきりする。

「さあて」

すぐには声がなかった。佐名木なりに、考えたのだろう。じりじりする間があって、ようやく口を開いた。

「通常ならば、手を出さぬ話でございましょうな。ただ我らは、追い詰められておりまする。また大麦の値が、割安であることは存じておりました」

これには、井尻も頷いた。正紀は聞かないが、二人はそういう話をしたことがあるらしかった。佐名木は言葉を続けた。

「大麦は、値上がりをするでしょう。二か月のうちに上がらずとも、大きな損失にはならぬと存ずる。ただ当家が必要とするあと九十両の利を得るとするならば、相当量の大麦を仕入れねばなりますまい」

「い、いかにも」

井尻が算盤を弾いた。

「大麦一石を銀四十五匁で仕入れたとして、八十匁で売れれば利は銀三十五匁となりまする。銀の金一両との両替が六十匁とすれば、九十両の利を得るには百五十四石を仕入れねばなりませぬ」

一両が銀六十匁というのは、平均的な両替相場だ。さらに井尻は、音を立てて算盤を弾く。

「百五十四石を仕入れるためには、百十五両いや百十六両がなくてはなりませぬ」

「ぎりぎりだな」

話を進める気持ちになっている正紀は言った。佐名木は反対をしていないと分かったからだ。

そこで佐名木は口を開いた。

「百五、六十石もの大麦を、町の問屋が卸すでしょうか。九十両を手に入れるには、この量でなければ、意味がありませぬからな」

ここでそれまで口を出さなかった正広が、片膝を乗り出した。

「いや、三百二十石でござる」

すっかり、その気になっている。この話に、下妻藩も加わるという申し出に他ならない。正広は言葉を続ける。

「一石銀四十五匁の大麦が、銀八十匁になるかどうかは存じませぬ。しかし何もしなければ、我らは課せられた額の金子を用立てることができませぬ」

「やってみようではないか」

正紀が言うと、反対をする者はいなかった。慎重な井尻でさえも、強張った顔で頷いていた。

「進めるとして、問題が二つありまする。一つは、三百二十石もの大麦を、卸す者がいるかということでござる。持っていれば、いずれは値上がりすると分かっている品ですからな」

佐名木が言った。

「もう一つは、こちらが金子を用意できるかです」

正紀が応じた。藩庫にあるのは百十両までだ。大麦は一石銀四十五匁で仕入れられるとは限らない。明日になれば、銀五十匁になっていることもないとはいえないだろう。

「当家では、少なくともあと十両は拵えねばなりませぬ」

井尻が言った。

その十両は、正紀にしてみればとてつもない金額に感じた。二千本の杭さえ手に入れるのに、難渋（なんじゅう）した過去がある。

しかも房太郎は、仕入れるならば今日か明日でなくては意味がないと言っていた。一気に値上がりした後では、高値を摑んで大損という話になる。

「今ある金子の中で、やるしかござるまい」

佐名木が言った。正紀は頷く。

「下妻藩は、どうなさるか」

「藩庫に金子はあると存ずる。しかし殿はともかく、勘定頭の八重樫は説き伏せねばなるまい。しかしそれは、できると存ずる」

下妻藩にしても、敵対する者がいる中で、有効な他の手立てがあるわけではないのだと言った。

四

「では、どこの問屋から仕入れるかですな」

佐名木が話を進める。一刻でさえ惜しく、気持ちが逸る。こうしている間にも、大麦の値が上がっているかもしれない。

高岡藩でも下妻藩でも、百姓たちは低温や乾燥に強い大麦を育ててはいる。しかしあくまでも米が中心だから、藩の関わりは薄い。小前の百姓でも耕作面積の狭いところでは、自家消費分くらいしか大麦を育てていないのが通常だった。

ただそれでも不作や凶作の折には、米問屋は各戸から品を集めて仕入れて行く。雑穀商いの者も現れて、手を出した。それらの年貢米ではない米や大麦を扱う米商人は、藩米の仲買をする者とは別の店の者だった。

「存じよりの者がいるか」

「はい、深川伊勢崎町に一軒あります。当家の領地の商人米を仕入れる者で、菊川屋と申します」

佐名木の問いかけに、井尻が応じた。藩では直にかかわらないが、菊川屋の主人には、領内の村名主を紹介したことがあると言った。

「大麦も、仕入れたと存じます」

「では、すぐにも参ろう」

井尻の言葉を受けて、正紀は腰を浮かせた。藩庫から手付の十両を出させ、井尻を同道する。

「下妻藩は、どうか」

正広のことも気になった。出入りの御用商人には疎いかもしれないが、勘定頭の八重樫が背後についている。

「早速屋敷へ戻り、八重樫と対応を練りまする」

連絡を密に取り合うことを約束して、正広は引き揚げた。

「それがしは、殿のお許しをまだ得ていないが、刀剣を金に換えるといたしましょう」

佐名木が言った。大麦が手に入るとなっても、金子がなければ話にならない。大坂からの返書はまだ届かないが、正国が「ならぬ」と言ってくるとは思われなかった。

「お気をつけて」

京が声をかけてきた。

深川に着くころには、夕暮れどきに近い刻限になっていた。曇天だから、道に薄闇が這い出すのが早かった。

伊勢崎町は、仙台堀の北河岸にある。幅広の堀に、荷船が行き交っていた。

菊川屋は間口が四間半（約八メートル）の店舗で、大店とはいいがたい。しかし堅実な商いをしていると、井尻は言った。店の脇に、米を入れる土蔵が聳えていた。

明之助という主人は、四十歳前後で腰の低い男だった。正紀にも井尻にも、丁寧な応対をした。すぐに茶が、運ばれてきた。

ただ何の用だと、警戒する気配もあった。普段は、行き来のない間柄だ。

「大麦百六十石を買い取りたい」

用件を伝えたのは、井尻だ。

「はて」

明之助はいきなり何を言い出すのかといった、驚きの目を向けてきた。玄米ならば、一石は二俵半の量になる。

「四百俵になりますが、なぜ急に、それほどの量を」

驚きよりも、不審の方が強いのかもしれない。知らない相手ではないにしても、唐突だとは感じるだろう。

「いや、ちとな」

値上がりする予想がある、とは口にできない。すぐであるかどうかは別にして、いずれは値を上げる品であることは、商人ならば承知をしているだろう。

井尻は、言葉を濁した。やや間をおいてから、主人が言った。

「うちは米商いですが、もちろん大麦も置いています。その量には、限りがございます。お申し越しにお応えすることはできません」

主人は丁寧な言い方をした。

店の壁には、大麦の値も張り出されている。一石について、銀四十五匁の値をつけていた。

「では、どれほどならば、卸すというのか」

ここが勝負だと思いながら、正紀は問いかけた。

「さようでございますな」

しばらくの間、主人は考える仕草をした。痺れを切らせかけたところで、ようやく口を開いた。

「六十石を、一石につき銀四十八匁でいかがでございましょうか」

「ううむ」

その値に、正紀は不満があった。壁に貼られた紙には、一石銀四十五匁と表示されている。そのことを告げた。しかし主人は、少しも慌てなかった。

「あれは、六十石もの量をお売りするための値ではございません。大麦は、置いておけばいずれ値の上がる品でございます。四十八匁は、それを踏まえた値でございます」

大量に買うならば、安くするのではないかと思ったが、商いについての考え方は、正紀には分からない。足元を見られたのではないかという気もしたが、六十石という数字には捨てがたいものがあった。

つい頷いてしまいそうになったとき、井尻が口を出した。

「一石、四十三匁でどうか」

そして懐から、袱紗に包んできた十両を取り出した。主人の目の前で、包みを解いた。山吹色の小判が、見ている者の心を引いた。

「これは手付でな、残りは明日中に届けよう。明日までに、我らは耳を揃えて代金の払いを済ませるのだぞ」

この言葉に、主人は反応した。一両を銀六十匁とするならば四十三両の現金が手に入ることになる。いずれは値上がりする大麦でも、すぐにまとまった金子になるわけではなかった。

「いや、四十五匁といたしましょう」

主人の声が、微かに上ずった。取引は、成立したのである。明日中に残金を渡し、現物を受け取ることにした。

「上出来で、ございましたな」

店を出たところで、井尻が言った。

「うむ。その方の一言が、功を奏したようだ。あれで一石につき、銀三匁を失わずに済んだぞ」

正紀が告げると、井尻は嬉しそうな顔をした。

道を歩いていると、米問屋と雑穀問屋が並んでいた。どちらも縁のない店だが、気持ちに昂(たかぶ)りがあって、ついでに寄っていこうかと考えた。二十石でも三十石でも手に入れられるならば幸いだ。

井尻も、やめようとは言わなかった。そこで正紀は、米問屋の敷居を跨いだ。井尻もついてきた。

「どのような御用でございましょう」

応対したのは、中年の番頭だった。ここでも大麦は売っている。ただ菊川屋のように、値が記された紙が壁には張られていなかった。

「大麦を仕入れたい」

「さようで、いかほど」

番頭の愛想は悪くない。揉み手をしていた。

「五十石だ。一石につき、銀四十三匁でどうか」

前のことがあるので、正紀は低めの値を言った。話しだいで、四十六、七匁でもいいと考えていた。

「まさか」

番頭の顔が、一瞬にして変わった。嘲るような目つきになっていた。

「一石五十匁でも、お売りするつもりはありません。持っていれば、じきにそれ以上に値は上がりますのでね」

冷ややかな口ぶりだった。

「明日には、すべてを払い終えるのだぞ。まとまった金になるはずだ」

井尻が言い足した。

「いえいえ、うちではすぐに金子が入用ではございません」

さっさと帰れと、言わぬばかりだった。

隣の雑穀問屋にも、顔を出した。大麦を商っているならば、買いたいと伝えたのである。

「うちでは、米や大麦は扱っていません」

と言われた。菊川屋は、井尻の知り合いだったから、順調に事が運んだのだと気が付いた。

屋敷に戻る頃には、すっかり暗くなっていた。吹き抜ける風に、冷たさを感じた。

勧進帳を手に、今日も檀家回りをしていた植村と青山も戻っていた。佐名木の部屋で、その様子を聞いた。

「何とか、合わせて五両引き出しました。厳しいものでございます」

たとえ五両でも、上出来と言わねばならないのかもしれなかった。

「大麦の一件、ぜひにも進めようではありませぬか」

話を聞いた植村は、目を輝かせた。

そこへ京が、佐名木と部屋へ来てほしいと言ってきた。早速、奥の京の部屋へ行った。するとそこには、一目見ただけでも不機嫌と分かる和が、床の間を背にして座っていた。

床の間には、鶏(にわとり)を描いた見かけない水墨画の軸がかけられていた。

「お母上様が、この絵を手放してもよいと、おっしゃってくださいました」

「まことに」

驚いた。戸川屋の借財を清算するときにも、掛軸を出してもらっていたからだ。京は言葉を続けた。

「これも狩野派の絵でな、十両にはなるでしょう」

先ほど大麦を仕入れるために、あと十両は欲しいという話をした。それを聞いていた京は、和を口説き落としたのだと思われた。

「そなたらは、私の楽しみを次々に奪ってゆくな」

和は捨て台詞のように告げると、部屋から出て言った。機嫌は、極めつけに悪かった。

「よく、頷いていただくことができたな」

「はい。前よりも手こずりました」

京は、疲れた顔で応じた。しかしこれで、大麦を仕入れる資金は、用立てられたことになる。

五

佐名木の用部屋へ戻ったところで、正広が水澤を伴って戻ってきた。馬を駆って、走ってきたのである。

「金子は百二十両、用立てられます」

満足げな顔で、正広は言った。藩庫の金だから、勝手には引き出せない。話を聞いて承知をした八重樫が、江戸家老の竹内を脅した。

「受け持ちの金子が調わなければ、若殿だけの責では済みませぬぞ」

八重樫はそう竹内に言って、正棠に気づかれないように出金の支度を調えたのである。そう先にならないうちに、藩庫へ戻すことができると踏んでのことだ。江戸家老と勘定頭が組めば、この程度のことはできるという話だった。

「上出来ではないか」

正紀はねぎらった。

「それだけでは、ございませぬ」

正広は、目を輝かせて続けた。

「八重樫と共に、領内の商人米を扱う存じ寄りの米問屋へ参った。四十石を、銀四十五匁で仕入れられることに、なりましたぞ」

「そうか。すると我らの分と合わせると、しめて百石になるな」

正紀は、菊川屋へ行ったことを伝えた。

「となると、両家合わせてあと二百二十石となりますな」

佐名木の言葉に、一同は息を呑んだ。ここまでは一気に事が運んだが、その先のめどが全く立っていなかった。菊川屋の帰りに寄った米問屋と雑穀問屋の反応を考えると、目当てを達成させることの難しさが身に染みてきた。

すでに外は真っ暗だ。けれども「では明日」という気持ちには、誰もなっていなかった。

ただではどこへ行くかとなると、当てはなかった。無闇に行っても、無駄な動きにしかならない気がした。

「ならば、あの者に頼るしかないか」

思い当たるのは、房太郎の顔だ。房太郎が小売りを含めた米商いの者や雑穀商いの者に知り合いがあるとは考えられない。店先をうろつかれるから、迷惑なやつと嫌われているのが関の山だろう。だが目先の金が欲しくて、在庫を売ってもいいと考えている者を知っているかもしれない。
「両替の熊井屋へ、行ってみよう」
正紀が言うと、反対をする者はいなかった。
「それがしも、参りまする」
正広が即答した。じっとしてはいられない気持ちなのだろう。水澤と植村も、つい
て来ると言った。四人で、馬を駆って出かけた。植村と水澤は、それぞれ懐に前金用
の十両をしのばせている。
熊井屋がある本町通りは幅広で、大店や老舗が並んでいる。昼間の内は人通りが多
くて賑やかだが、日が落ちて店が戸を立てると急にひっそりする。屋台店が出ていて、
酒を飲んでいる者の姿がうかがえた。
馬から降りた四人は、熊井屋の戸を叩いた。
「井上だ」
と声をかけると、潜り戸が中から開かれた。顔を出したのは房太郎で、四人を店の
中に招き入れた。
すぐに状況を伝えた。
「素早い動きですね、上出来です。まだ値上がりはしていませんよ」

満足そうな顔で、房太郎は言った。自分の言葉に侍たちが耳を傾け、指図通りに動いている。それが愉快らしかった。

「あと二百二十石ほしいわけですね」

「そうだ。仕入れられそうな店を知らぬか」

「うーんと」

房太郎は考え込んだ。資金に余力のある店は、慌てて売るような真似はしない。現物はあっても、当座の資金繰りが悪い店に限られる。そうなると、簡単ではなさそうだ。

ここで話を聞いていたらしい、おてつが顔を出した。

「鉄炮町の丹波屋さんなんか、どうかね」

「いや、あそこはそれほど困っちゃいないよ」

房太郎は言い返した。何軒かの店の名が、二人の間で挙がっては消えた。正紀らには、加われない話だった。呆然として聞いているしかない。

そして房太郎は、三軒の店の名を挙げた。

日本橋富沢町の米問屋筑紫屋
京橋五郎兵衛町の米問屋宮下屋

京橋三十間堀町の雑穀屋扇屋である。房太郎は周辺の町だけでなく、広い範囲で価格の調べをしていることがうかがえた。

「今日の昼までの見立てです。その後何かが起こっていれば、当てが外れます。気分屋の主人もいますから、物言いは気を付けた方がよいと思います」

物の値動き以外には関心がないように見える房太郎だが、細かいことに触れた。己もそうすれば、無駄に殴られる機会が減るはずだが、そこには気持ちが及ばないらしい。

三軒とも、房太郎と親しい者ではない。様子を見ていて、「行けるかもしれない」と感じただけの相手である。名を出しても伝わらないと告げられた。

「それでも、今から行きますか」

すでに、五つ（午後八時）に近い刻限になっている。しかし相手に売る気があるならば、刻限は関係ないと思った。正広らも同じ気持ちのようだ。

まずは富沢町の筑紫屋へ行った。浜町堀に面した店だという。

店の前に立つが、明かりは灯っていなかった。通りから見える二階の部屋に、微かな明かりがうかがえるだけだった。

　それでもかまわず、植村が戸を叩いた。すぐには返答がない。間を空けてから続け、これを四度繰り返したところで、店の中から不機嫌な声が聞こえた。

「いったい、何の用だ」

「大麦を買いたい。四十石だ」

　正紀が言った。半端な量ではない。売る気があるならば、それなりの反応を見せるだろう。

「何をほざきやがる。こんな刻限に、ふざけるな」

「いや、本気だ。値が折り合えば、前金十両を今払うぞ」

　こちらは必死だ。

「ふん。商いの話なら、おととい来やがれ。水を撒くぞ」

　話にも何もならない。初めから喧嘩腰だった。そもそも声の主が、何者なのかも分からなかった。

「仕方がない。次へ行こう」

　向かったのは、五郎兵衛町の宮下屋である。鍛冶橋御門に隣接する町だ。

「商いの話をしたい。戸をあけてくれ」

　ここでも正紀が声掛けをした。少しして、返答があった。そこで懇願する口調で告げた。せめて話だけでもしたい。

「大麦が欲しいのだ。十石でも二十石でもよい。一石を銀四十七匁で買おう」

具体的なことを伝えた。向こうがする判断の、材料になると思うからだ。値も、上げていた。まずは戸を開けさせることが先決だ。

すぐに返答はなかった。中から足音が聞こえた。上の者を呼びに行ったのかもしれないと期待した。人が戻ってきた音がした。

間を置かず、潜り戸が開かれた。寝間着姿の男が現れた。壺のようなものを持っていて、白いものを、正紀の顔に投げつけた。

「おきゃあがれ」

そしてすぐに、潜り戸の中に消えた。心張棒がかけられたのが、音で分かった。

「な、何でございますか」

植村が、慌てた様子で言った。何が起こったのか、すぐには分からなかったらしい。

「塩だ。塩を撒いて寄こしたのだ」

正紀は口に入ってしまったものを吐き出しながら伝えた。

「何という、無礼な。ただでは済まさぬ」

顔色を変えた植村は、店の戸を蹴破ろうとした。巨漢だから訳なくできるだろうが、やらせるわけにはいかない。

「待て。夜分に押し掛けた、こちらが悪い。殴られたわけではないぞ」

お殿様暮らしをしていたら、一生に一度もないだろう経験をした。これも修行だと、考えることにした。

「どうぞ、お使いくださいませ」

正広が、手拭いを寄こした。感に堪えない面持ちをしていた。

「次は、それがしが問いかけをいたします」

行ったのは京橋三十間堀町の雑穀屋扇屋である。今までの二軒よりも、店の構えは小さかった。

「急で済まぬな。大麦を手に入れたくて参った。話だけでも、聞いてもらえぬか」

正広は、丁寧な言い方をした。こんないい方ができるとは、仰天した。正紀よりも、下手に出ていた。

「へい」

顔を出したのは、二十歳半ばの屈強そうな者だった。この店の手代だと言った。

「十石でも二十石でも、大麦を譲ってもらえぬか。代は、今日中に払うぞ」

正広は告げた。手代だと名乗った者は、困惑の顔を見せた。夜分に訪れたことに、腹を立ててはいなかった。

「実は今日、七十石を仕入れていった人がいます。それでうちの在庫は、ほとんどなくなりました」

「そうか……」

正紀と正広は、顔を見合わせた。値上がりを見越して、買い取っていった者がいると知ったのである。油断のならぬ者が、房太郎の他にもいる。

「そういうことで、お引き取りいただきましょう」

「いや、ちと聞きたい。他に、大麦を売りそうな店はないか」

引き取ろうとする手代に、正紀は声掛けをした。房太郎に教えられた三軒は、すでに回ってしまった。藁にも縋る気持ちだった。

「はあ、そうですねえ」

手代は少しの間、首を捻った。そして「ああ」と呟いた。

「因幡町の天満屋さんはどうでしょうか」

「ほう」

これはおてつが口にして、房太郎が首を横に振った店だった。

「あそこは、二、三百石くらい残っていると思います。たくさん仕入れていましたから。今日になって、ご隠居さんが病で、近く箱根へ養生に行くと聞きました。まとまった金子が欲しいのではないでしょうか」

「願ってもない話だ」

胸が躍った。房太郎は隠居の養生の話を、知らなかったようだ。

「行くぞ」

正紀が告げると、一同は頷いた。

六

因幡町は、南伝馬町の大通りと楓川に挟まれた、昔からの町だ。天満屋の間口は五間（約九メートル）で、老舗の米問屋といっていい風格のある建物である。

戸を叩くと、出てきたのは寝ぼけ眼の小僧だった。潜り戸に小窓があって、そこを開けた。用心のために、潜り戸は開けなくても、顔を見ながら話ができるようになっていた。

「旦那さんは、もうお休みになっています」

小僧はそう言ったが、無理やり小銭を与えて呼びに行かせた。大事な商いの話だと伝えている。

「私が主人だが、何でしょう。こんな夜更けに」

　現れたのは、不機嫌極まりない顔の中年男だった。丸顔で、小太りの体型だ。

「大麦二百二十石を、一石銀四十五匁で買いたい」

「ええっ、またなんでこんなに急に」

　主人は正紀の顔に目を向けた。こちらは提灯（ちょうちん）を手にしている。店の者は、小僧が火の灯った蠟燭（ろうそく）を手にしていた。

「前金を十両、残金は明日中に払う。荷も明日中に引き取りたい」

　主人の問いかけには答えず、正紀は言った。そして植村に言って、持参していた十両の小判を出させた。

　これに提灯の明かりを近付けると、山吹色の小判が輝いた。

「おおっ」

　主人の目つきが変わった。いっぺんに目を覚ましたらしかった。腹を立てたのではない。関心を持ったと、正紀は察した。

「数日中には、値が上がる品だ。無理にとは言わぬ」

　と付け足した。騙（だま）して買い取るのではないと、伝えたつもりだった。

「まあ、お入りください」

　小僧が心張棒をどけて、潜り戸を開けた。正紀ら四人は、店の土間に入った。小判を見せたことが効いているのか、主人は客として、こちらを遇していた。

「この店には、大麦二百二十石があるのだな」

　まずは確認をする。この店だけで購えるならば、それに越したことはない。

「一石を、銀五十匁でいかがでございましょう」

　主人は言った。これを聞いた正紀は、在庫があると見込みをつけた。

　正広は、その値でもいいという顔をしていた。言葉を発しようとしているのを止めて、正紀は言った。

「ならばしばらく待つがよい。遅くとも一月か二月の後には、それ以上の値になっているかもしれぬ。あるいは、二、三日中かもしれぬ」

　正紀は引き上げるそぶりを見せた。菊川屋で井尻が見せたやり口が頭にあった。夜間でありながら、四人を店の中に引き入れた。二百二十石を、売れるものならば一気に売ってしまいたいと考えているからだと察している。

「では、四十八匁で」

「いや、四十五匁だ。二百二十石ならば、一両を銀六十匁の交換比率とするなら、百六十五両になるぞ。我らは明日には、残さずそれを手渡すことができる」

正紀は引かない。しかし喧嘩腰というわけではない。この駆け引きが商いだと、学んでいた。

「わ、分かりました。お売りいたしましょう」

天満屋の主人は折れた。念のため、倉庫内の大麦の俵を検めた。二百二十石分、確かにあった。このときには、店の手代たちも起きてきていた。

「壮観ですね」

積み上げられた麦俵を目にして、正広が言った。

手付の十両を渡し、署名入りの売買証文を取り交わした。正紀と正広はここで、藩名と身分を明かした。

「こちら様は、お大名の若殿様で」

主人は驚きを顔に載せた。

すぐさま四人は、下谷広小路の高岡藩上屋敷へ戻り、佐名木と井尻に顚末(てんまつ)を伝えた。

「重畳(ちょうじょう)でございますな」

売買証文を手にして、佐名木は頷いた。

「さて、三百二十石の大麦俵を、どこに置きまするか」

井尻が、不安げに口にした。八百俵もの俵である。どこでもいいというわけにはいかない。雨露にさらしたくもない。

「高岡藩のどこかに、すべてを置いていただけませぬか」

正広が言った。補うように、水澤が続けた。

「金子の方は、竹内様、八重樫様の方で、目立たぬように処理をいたします。しかし大麦の現物が屋敷内に運ばれては、いかにも目立ちまする。殿に気づかれたならば、話は頓挫(とんざ)いたすと存じます」

「なるほど」

下妻藩の事情は、納得がいった。正棠一派の目に留まれば、勝手な出金を咎めてくるだろう。下手をすれば、八重樫は腹を切らされる。

ぎりぎりのところで、正広と八重樫は動いている。

「では、当家の本所柳島(ほんじょやなぎしま)にある下屋敷に収めましょう。あそこならば、空き部屋はいくつもありまする」

「そうしよう。横十間川(よこじっけん)にも近いからな、運ぶのにも都合がよさそうだ」

佐名木の言葉に、正紀が応じた。

「荷船は、深川の俵屋のものを使おう。三軒を回って積み込み、柳島へ運べばよい」

「明日命じて、その日のうちに船を出せるでしょうか。三百二十石ともなれば、二艘や三艘では無理やもしれませぬ」

井尻が、正紀に問いかけてきた。

「明日の朝一番で、その方と青山で、俵屋へ行ってもらおう。何があっても、明日中に運び出す約束だ。値が上がってからとなっては、問屋もおもしろくなかろう」

「では、拙者と水澤殿で、荷運びの人足を調えまする」

佐名木の言葉を受けて、植村が言った。水澤も頷いている。

「うむ。大横川（おおよこがわ）から下屋敷までは、藩の者で運ぼう。できるだけ藩外の者を使わぬほうがよかろう」

正紀の言葉に、一同が頷いた。荷運びの打ち合わせが済んだ。

翌朝の読経の折に、正紀は和と京に、昨夜までの状況を伝えた。

京は昨日のうちに、絵の売買を行う商人を呼んで、鶏を描いた軸画を十両で売っていた。それはすでに藩庫に収められていたので、正紀は和に礼の言葉を述べた。

「……………」

和は冷ややかな一瞥（いちべつ）を正紀に向けると、何も言わず仏間から立ち去っていった。怒りと不満は、一晩では治まっていない様子だった。

「お家がたいへんなのは、分かっておいでです。気になさることはありません」

残った京が言った。今日はつわりが軽そうで、正紀はほっとした。この頃は毎日、朝になると京の顔色をうかがう。

「それでも、画を手放すのは、お辛いであろうな。そのお気持ちは、お察し申し上げる」

正紀は本音を伝えた。

「正紀様のお気遣い、母上様にお伝えいたします」

京は言い、そして続けた。

「手落ちのないように、お運びなさいまし」

体調がいいと、いつものような偉そうな物言いになる。

佐名木の用部屋へ行って待っていると、俵屋へ行った井尻と青山が戻ってきた。

「今日話して、今日の運航ですので、少しばかり手間取りました。すべてを運び終えるのは、夕方頃になると存じます」

井尻が報告した。

朝から正午過ぎまでは、五十石船が一艘空いているだけだった。これで正広が買い入れる四十石と菊川屋から仕入れる十石分を、まず下屋敷へ運ぶ。空にした船で菊川屋へ戻り、残りの五十石を移す。

そして正午前後に、関宿(せきやど)から百石積みの俵屋の弁才船(べざいせん)が江戸へ戻る。荷を下ろし終えたところで、天満屋の荷を輸送する段取りだった。

「では今日中に、すべてが済むな」

「ははっ」

井尻と青山が、声を上げた。植村と水澤が、人足の手配をするために、屋敷を出て行った。

正紀と正広は、因幡町の天満屋へ出向いた。今日は珍しく、雲一つない晴天だった。主人は訪れを待っていて、残金の支払いを済ませた。

「持っていれば、いずれは値上げをするのでしょうが」

どこかに未練を残した顔で主人は言った。しかし百六十五両の現金を店の金箱に収めると、ほっとした表情を見せた。詳細は口にしないが、急ぎ現金が欲しかったのは間違いなさそうだった。

「どこまで、値を上げるでしょうか」

天満屋の店を出たところで、眩(まぶ)し気に空を見上げた正広が言った。すでに動き出している勝負だが、期待だけでなく、胸の奥には隠し切れない不安があるらしかった。

それは正紀にしても同じだ。少しばかり、つんと胸が痛い。侍暮らしをしていたら、味わえない緊張だ。

町を歩いて、米問屋や雑穀問屋のいくつかを覗いた。大麦一石の値は、銀四十四匁から四十七匁までの間だった。

第四章　輸送の荷船

一

やっと晴天になった一日だと思ったが、この日町奉行所は、何度目かの無宿人狩りを行った。江戸に集まる無宿人の数が、また増えてきたからだ。

飢饉のさなか、江戸へ行けば何とか食べられると考える者が、遠路を経て逃げて来る。しかし江戸で仕事にありつける者など、数が限られていた。人足仕事でさえ、思うように得られない。

食いっぱぐれた者は、一人で、あるいは徒党を組んで、鬱憤を晴らすように江戸の町人を襲ったり、絡んだりした。治安が悪化して、町奉行所は動かざるをえなくなったのである。

これには高積見廻り与力の山野辺も、手伝いをさせられる。今日も朝から、何人もの無宿人を捕えた。

とはいっても、無宿人は悪事をなした罪人とは限らない。

そこで小塚原に集めて雑炊を食わせ、生まれ在所へ戻るように諭した。もちろん素直に聞く者ばかりではない。特に反抗したり、罪を重ねたりする者は、佐渡へ水汲みをさせるために送った。

この役目も、意味がないわけではない。ただしょせんは手伝い仕事だった。山野辺が気になるのは、高積みに関する事件や事故で、今は楓川河岸の高浜屋の一件だった。

被害者こそ番頭一人が骨折しただけだが、一つ間違えば死人が出ていた。その後高浜屋には、不審な出来事は起こっていないが、捨て置けない気持ちだった。

「このままでは、済まないぞ」

と感じている。材木を結んでいた縄を切ったのは、無宿人の人足豊吉だと踏んでいるが、その一件以来、見事に姿を消している。しかも高浜屋の商売敵小佐越屋の番頭伊四郎と酒を飲んでいた。

「だから何だ」

と言われればそれまでだが、この小さな繋がりは捨てがたい。後に高浜屋絡みで大きな事件があれば後悔するのは間違いないから、唯一の手掛かりである伊四郎の動きを探っていた。

張り付くように見張っているわけではない。用が済んだ後に深川冬木町に足を向けて、様子をうかがったのである。もちろん豊吉が住んでいた深川堀川町の裏長屋周辺でも、聞き込みを続けていた。

「あいつ、姿を消す前には、金回りがよくなった気がしますぜ」

と告げた人足仲間がいた。屋台の燗酒を馳走になったという。

「あんなことは、これまで一度もありやせんでした」

これを聞いて、山野辺は伊四郎から金をもらったのではないかと考えた。

頭の上にあったはずの日が、いつの間にか西空の低いあたりに移った頃、山野辺は仙台堀河岸にいて、小佐越屋の様子を見ていた。

「おお」

伊四郎が、店の建物から出てきた。仙台堀の河岸道を、大川方面に歩き始めたのである。いつもは小僧を連れて歩いているが、今日は一人だった。

それでつけてみることにした。

迷いのない足取りで、伊四郎はさっさと歩いてゆく。大川端へ出ると、川上へ向かって歩いた。小名木川を越え、竪川も過ぎた。

「誰に会うのか」

それを思うと、気持ちが躍った。小佐越屋には何かある。そんな気がするからだ。

両国橋の、東橋袂にある広場に出た。ここには小屋掛けの見世物や、屋台店、大道芸人などが出ている。周辺には、飲食をさせる小店が並んでいた。天気もいいし寒くもないから、人の出は多かった。

仕事を終えて、屋台店で一杯やり始めた職人ふうの姿もあった。

伊四郎は、ひさごという小料理屋の前で立ち止まった。格子戸のはまった、雰囲気のある店だった。安い居酒屋とは、店のたたずまいが違った。

すでに暖簾がかかっていて、商いを始めている様子だった。その格子戸をあけて、伊四郎は店の中に入った。中に侍がいて、顔は見えないが知り人のような仕草をした。

何者かと確かめたかったが、格子戸はすぐに閉じられた。

山野辺は店に近づいた。戸の脇に小窓があり、一寸（約三センチ）ばかり開いていた。そこから中を覗いた。

伊四郎と向かい合って座っているのは、三十歳をやや過ぎた年頃と思われる小柄な侍だった。身に着けている着物は、木綿で古いものだ。微禄の直参か、下級藩士といった気配だった。

さっそく酒を注文し、料理が運ばれた。他に客はいない。伊四郎は愛想笑いを浮かべて酒を注ぎ、話しかけている。声は聞こえないが二人は馴染みの様子で、昨日今日知り合った相手ではないと感じられた。

そのうち一人、二人と客が入り始める。山野辺は軒下の暗がりに身を寄せて、中の様子をうかがった。

酒を飲み、食事を済ませた二人は、半刻ほどで立ち上がった。代金を払ったのは、伊四郎の方だった。

店から出た二人は、挨拶をすると別の方向へ別れた。伊四郎は、竪川方面に歩いてゆく。小佐越屋へ戻るのだと思われた。侍の方は、西へ両国橋を渡ろうとしていた。

「あれは、何者か」

と思うから、山野辺は侍をつけた。

橋を渡り終えた侍は、西橋袂の広場を抜けて浅草御門の方向へ歩いてゆく。広場も江戸では知られた盛り場だが、屋台店や見世物には関心を向けなかった。

とはいっても、急ぎ足ではない。心地よい酔いを、楽しんでいるといった歩き方だった。

侍は、神田川に沿った北河岸の道を西へ歩いてゆく。迷う様子もなく、筋違橋の前も通り過ぎた。このあたりに来ても、足取りは変わらない。対岸の八つ小路の雑踏に、ちらと目をやっただけだった。

湯島聖堂の裏手を抜けて、侍は本郷通りに入った。歩みが止まる気配はない。

加賀藩前田家上屋敷の前を通り過ぎて、本郷追分から中山道に入った。このあたりまでくると、さすがに江戸も外れだという気がしてきた。駒込片町の鄙びた家並みが続く。

侍は坂を上って、その先にある大きな寺院の山門を潜った。山門の前には数軒の店が並ぶ門前町があって、侍は茶店の店先にいた中年の女房と会って挨拶をしている。

「ここは、何という寺か」

「日蓮宗の浄心寺ですよ」

山野辺の問いかけに、女房が答えた。

「大きな寺だな」

月明かりだけでも、本堂の大きな建物が聳えて見えた。

「ええ、いくつものお大名の檀那寺でもありますから」

女房は、誇らしげな口調で言った。そう言えば、丸山の浄心寺の名はどこかで聞いたことがあると気が付いた。だが思い出せない。聞き流したとしても、支障のない話だったに違いない。

「今、挨拶をした侍は何者か」

「あの方は、寺侍の塚原伝兵衛様です」

笑みを浮かべながら、女房は言った。家の墓も、境内にあると言い添えた。

「浄心寺は、材木問屋と繋がりがあるのか」

「さあ……。でも檀家の中には、材木商いの家もあると思いますよ」

「それは、そうであろうな」

「浄心寺では、近く本堂の改築を行います。そうなれば、材木商いの者とも関わるのではないですか」

女房は笑った。

「そうか、伊四郎は浄心寺の寺侍と、仕事の話をしたのか」

材木問屋の番頭が、改築を予定している寺の寺侍と会ったところで、それが取り立ててのことだとは思えない。東両国から丸山まで歩かされたが、無駄足だったと感じて、山野辺は少しばかり気抜けした。

二

すべての大麦を本所の下屋敷へ運び終えた翌日、正紀は植村を伴って日本橋界隈へ行った。大麦の値動きがどうなるか、じっとしてはいられない気持ちだった。

房太郎は、今日あたりから値上がりを始めるだろうと言っていた。植村も、じりじりしていたようだ。

昨日の晴天とは打って変わって、今日は曇天だった。今にも、雨が降りそうな空模様だ。

しかしそんな中でも、町の商いは始まっていた。小僧たちは忙しげに、荷入れや荷出しをしている。荷車が行き交い、棒手振（ぼてふり）が売り声を上げていた。掘割からは、艪音が響いてくる。

まず足を踏み入れたのは、日本橋を南へ渡った先の通町一丁目にある間口六間（約十一メートル）の大店の米問屋だった。絶え間なく、人が出入りしている。奉公人たちの動きも、きびきびしていた。

商いの中心は、米である。米は、天井値を付けたきり動かない。しかし何かあれば、天井を突き抜ける。そうやって値を上げてきた。場合によっては、さらに上がる可能性があった。

壁に、各地の米の値などを記した紙が貼られている。その中から、大麦の値を捜した。

「あ、あそこにあります」

植村が指さした。目立つところに貼られてはいないが、気になるのはそこだけだった。値が変われば、その紙は貼り替えられる。

「一石、銀四十五匁ですね」

「うむ。まだ値動きは、ないようだな」

心の臓が、何かに押し潰されるような気がした。大麦の値に、これほど気持ちが揺さぶられるとは、つい数日前まで考えもしなかった。

次の店に行った。するとそこでは一石が、四十七匁の値をつけていた。

「上がっていますよ。二匁の儲けですね」

植村が、上ずった声を上げた。三百二十石だから、一石につき二匁の値上がりは、六百四十匁の利益となる。

けれども三軒目の店へ行くと、一石は四十二匁だった。

「こ、これは」

植村は、顔を青ざめさせた。

もちろん目についた米問屋のすべてで値を確かめた。雑穀問屋も、大麦を扱っているところは検めた。おおむね付けられている値は、一石につき銀四十二匁から四十七匁までの間だった。

買う前に調べたときも、こんなものだった。まだ値は、動き始めていない。

「大丈夫でしょうかね」

気弱な言葉を、植村は漏らした。

一石銀二匁の動きでも、三百二十石となると上げても下げても差は大きい。高岡藩も下妻藩も、すでに藩の金箱は空だ。それを思うと、落ち着かない気持ちになるのは仕方がない。

「下妻藩では、勘定頭の八重樫様が采配を振るっておいでですが、勘定方には殿様の息がかかった者が少なからずいます。気づかれたら、面倒です」

植村は、水澤から下妻藩の事情を聞いているらしい。だから少しでも早く、値上がりをしてほしいのだ。

その願いは、正紀にしても同じだ。大麦の値上がりにかける以外に、浄心寺改築にまつわる藩の分担金を供出する手立てはなかった。

日本橋界隈だけでなく、京橋や芝へも足を延ばした。どこもおおむね同じような値をつけていた。

帰路、本町通りの熊井屋へ立ち寄ってみることにした。昨日大麦を買い取ったことは植村に伝えさせたが、正紀の口からは話していなかった。これからの値動きの予想についても、聞こうと考えた。

熊井屋は、大店老舗が並ぶこの界隈では目立たない店だ。斜め前には、間口の広い薬種問屋が商いをしていた。多数の奉公人がいて、大きな土蔵も持っている。玉井屋という屋号の店だった。

その店の前で、おてつが薬種問屋の手代と話をしていた。やり取りの様子は、親しげだ。手代が何か言って、二人で笑い合っている。大店であろうと小店であろうと、表通りの向かい合った店だから、違和感はない。

おてつは正紀に気が付くと、話を中断して駆け寄ってきた。

「今、いろいろな薬種の店について、話を聞いていたんですよ」

おてつは、にこにこした顔で言った。都合のいい話を、聞き込んだのかもしれない。

玉井屋の主人清兵衛は、十組問屋の薬種店組の当番行事を務めているのだそうな。

「ですから番頭さんや手代の人も、江戸や上方の薬種商いについては、とても詳しいんですよ」

おてつも孫の房太郎に劣らず、両替商いに必要な情報を日々得ようと努めているらしかった。武家中心の江戸は、金すなわち小判が中心で、商いの町である大坂は銀による取引が行われる。庶民は江戸も大坂も、銭で物を買う。この金、銀、銭の三貨の両替を行うのが、熊井屋のような両替商である。

「だから銀を小判や銭に替えるうちでは、江戸だけでなく大坂の商いの様子にも気を配っておかなくちゃいけないんですよ」

おてつは胸を張った。

「なるほど」

とは思うが、正紀には十組問屋と言われても、言葉を耳にしたことがあるだけで、詳細は分からない。そこで十組問屋について尋ねてみた。

「なあに、大坂から江戸へ送られてくる品、ようするに下り物を扱う江戸の問屋が作った問屋仲間ですよ」

大坂と江戸の間を結んだ荷船は菱垣廻船だが、船頭や水手が海難を装って荷物を横領するなど不正も多かった。そこで江戸商人が発起人となり、問屋側が結束して難船後の処置を厳しく行った。船問屋任せにはしなかったのである。そして元禄七年（一六九四）に、十組問屋仲間を結成した。

塗物店組、絹布や太物（ふともの）、小間物などを扱う内店組、小間物、太物、先物などを扱う通町組、薬種店組、釘店組、綿店組、畳表や青筵を扱う表店組、水油を扱う川岸組、紙店組、酒店組の十組である。当初は有志が集まっただけの仲間だったが、享保年間（一七一六〜三六）になって幕府公認の株仲間となった。構成員も増加して、幕府に多額の冥加金を払うことで、独占力の補強を図った。

「十組問屋では組ごとに行事を決めて、各組は順番に大行事を務めました。また極印（ごくいん）元を定めて廻船に関するおおよそを取り仕切っています。だから玉井屋さんと近づいていると、大坂のお金の動きが、よく分かります」

ご近所だから、もともと親しい。おてつは小店の隠居婆でも、町の主のような存在だ。玉井屋の奉公人たちは、気を許して話をするらしい。

「大坂の三貨の動きが分かれば、銀を小判や銭に両替するときに役立つわけだな」

「さすがですねえ、井上様は頭の動きがお早い」

正紀の反応に、機嫌のよい言葉を返した。

「うちみたいな小さな店でも、こんな大通りに店を張っていられるのは、三貨の値動きをきちんと見ているからです。三貨の内で割安なものを見分け、安いうちに買っておくからです」

「だから房太郎も、物の値動きについての調べを怠らないわけだな」

「あれは少しばかり、凝りすぎですけどね。殴られるまで、やるんですから」

おてつはそう言って笑った。笑うと、皺くちゃな婆さんでも、可愛らしく見えるから不思議だった。

そしておてつは、ここで思い出したように、丁寧な挨拶をした。

「昨日は、たいそうなお品を頂戴いたしまして」

と告げ、深々と頭を下げた。

「はて」

正紀には、身に覚えのない話だった。植村に目をやっても、首を横に振られただけだった。

「ご存じなかったんですか。奥方様から、桐箱入りのかすていらを頂戴したんですよ。あんな贅沢なお菓子、初めて見ました。食べました。食べてはもったいないくらい、綺麗な黄色で」

おてつはそのことに恐縮し、喜んでいるのだった。

昨日の夕刻、京付きの侍女紅葉が持参したようだ。大麦に関する知恵を得たことについて、お礼の言葉を伝えたらしい。

「そうか」

正紀は気が回らなかったが、京が指図をしたのである。万事に高飛車な女だが、そういうところでは自分よりもそつがない。してやられた思いもあるが、後始末をきちんとしてもらったとも感じた。

店には房太郎もいて、大麦にまつわる話をした。

「まだ、今日は動いていませんが、買いに回っている人がいるのは確かです」

朝のうちに、気になる店を歩いてみたそうな。

「ならば大丈夫だな」

「もちろんです。まあ、待っていてください」

房太郎は、太鼓判(たいこばん)を捺した。

翌日も、正紀は植村を伴って町へ出た。この日も朝から曇天で、風が冷たかった。今にも降り出しそうな空模様だが、じっとしてはいられない。

真っ先に足を向けたのは、通町一丁目の大店の米問屋である。今日こそ、という気持ちが、どちらにもあった。

「なんと」

値を表示する紙を見て、植村が声を上げた。明らかに失望の声だった。大麦一石は、銀四十二匁の値をつけていた。昨日より、三匁の値下がりとなっている。

そこで次の店へ行った。昨日は四十七匁をつけていた店だ。

「あそこも、四十四匁でございますぞ」

植村の声には、悲嘆の響きさえ含まれていた。

さらに、四軒五軒と回った。四十五匁をつけている店もあったが、おおむねどこも昨日よりも一匁か二匁、値を下げていた。中には、四十一匁をつけている店まであった。

これは正紀にしても、衝撃だ。

「大麦は、このまま値を下げるのか」

痺れを切らせた植村が、店先にいた手代に声をかけた。聞かずにはいられなかったのだろう。

「さあ。こればかりは、私にも」

「大麦は、品薄ではないのか」

「それはそうなのですが」

手代は、困惑の顔を向けてくるばかりだった。

正午近くになって、ぽつりぽつりと雨が降り出した。瞬(またた)く間に、地べたが濡れた。

「寒いくれえだ。これじゃあ、綿入れが欲しいぜ」

すれ違った人足ふうが、そんなことを話していた。

「今年も、不作が続きそうだねえ」

青物屋の主人が、空を見上げて客と話をしていた。人々は、昨年の長雨と冷夏を、思い出したらしかった。

三

大麦を仕入れてから、三回目の朝が来た。昨日から降っている雨が止まない。風もあって、冬に逆戻りしたのかと思えるような冷たさだった。

無理をするなと伝えていたこともあってか、昨日と今日、京は読経に顔を見せなかった。侍女の紅葉が、「ご気分がすぐれませぬようで」と伝えてきていた。

読経の後、正紀は京の部屋へ見舞いに行った。

「顔を見るだけだ」

　と伝えると、拒まれはしなかった。

　京は、寝込んでいた。風邪を引いたのかもしれない。起き上がろうとするのを、そのまま寝ているように告げた。顔色は、これまで以上によくない。

「大事にいたせ。寒いようならば火鉢を入れるがよい」

　優しい気持ちになって、正紀は言った。熊井屋へ、かすていらを贈った礼も口にした。

「妻女が夫を支えるのは、当然でございます。いちいち礼などには、及びませぬ」

　叱られたような形だ。

「大麦はいかがで」

　と問いかけられた。

「うむ。まだまだだな。先のことは分からぬ。大きく値が下がるようならば、手を引かねばならぬかもしれぬ」

　弱気な思いが、つい言葉になって出た。

「何を申される。あなた様は、高岡藩一万石を支えておいでなのですよ」

　またもや叱られた。体調が極めつけに悪いにしても、いつもの口調は衰えていない。

それでほんの少し安堵（あんど）したのは、不思議だった。

「丈夫なややこを生んでくれ。高岡藩の跡取りだからな」

正紀は、そう口にした。励ましのつもりだった。

「分かっております」

京は、強い眼差しを正紀に向けた。


この日も正紀は、植村を伴って日本橋界隈へ足を向けた。屋敷の近くにも小売りの米屋があるが、問屋の値段を知りたかった。

「また下がっていたら、どういたしましょうか」

植村は、すっかり弱気になっていた。

「情けないことを、申すな」

正紀は今朝、京に言われたことを思い出しながら言った。雨は止んでいないので、傘を手にしている。通りの人の出は、昨日よりも少なかった。

「正紀殿」

日本橋を渡り終えたところで、声をかけられた。傘を手に、駆け寄ってくる二人の侍がいた。正広と水澤だった。

二人も、大麦の値動きが気になって町へ出てきたのだと察した。

「ね、値上がりをしていますぞ」

正広は、興奮を抑えきれないといった面持ちだった。声が上ずっている。

「ま、まことか」

「はい。間違いありません」

四人で水たまりを蹴散らしながら、通町一丁目の米問屋へ駆けた。傘を閉じるのももどかしく、店の敷居を跨いだ。

「おお、一石が銀五十五匁になっているぞ」

値を記した紙には、間違いなく昨日よりも十匁以上値上がりした数字が記されていた。小躍りしたい気持ちだった。

通りには人が少ないが、小売りの者らしい客の姿が目に付いた。

「大麦を、二十俵届けてもらおう」

「うちは三十俵だ」

店の手代とやり取りしていた。値上がりに気づいて、慌てて駆けつけてきたのであろう。いずれ値上がりすることはだれの目にも明らかだったが、その日が今日だとは、一部の者しか感じていなかった。

「これまで見廻っていた他の店はどうか」

一軒だけでは安心できない。早速、昨日一昨日と立ち寄った店を巡って歩いた。安いところでも五十二匁で、高いところでは五十七匁をつけている店があった。

「四十匁代で売る店など、どこにもありませぬぞ」

正広が、感嘆の声を上げた。植村と水澤が、大きく頷いている。安堵と喜びが、四人の中に込み上げてきていた。

一石につき十匁の値上がりならば、三百二十石の大麦は、五十両以上の利益を上げたことになる。しかしその実感は、正紀にはなかった。

ただ表示価格を見る限りでは、夢や幻ではない。五両十両のために、必死で動き回っていたことが嘘のように感じられた。

「昨日と今日の悪天候が、背中を押したのではないか」

「そうかもしれませんね。今年も飢饉や凶作の怖れがあるとなれば、値上がりは当然かもしれません」

正紀の言葉に、正広が応じた。事実、米の値も、大麦ほどではないが値上がりをしていた。

「房太郎は、気づいているのであろうか」

「あやつのことですからな、もちろん知っているでしょう」

それでも、房太郎には伝えたかった。四人は、日本橋本町の熊井屋へ駆けた。

「どうです、やっぱり上がったでしょう」

房太郎は留守だったが、四半刻（約三十分）ほどして帰ってきた。四人に気が付くと、すぐにそう言った。

「これで、かすていらを大威張り（おおいば）で食べられますね」

おてつも嬉しそうだ。

「そうか、ならば当家からも贈ろう」

京から贈られたという事情を聞いた正広は、すぐに言い足した。水澤が笑っている。

「まだまだ、上がるな」

「前に話した通り、八十匁くらいまでは、行くと思います。そこから上は、どうだか分かりませんが」

房太郎は言った。

「いや。下手をすれば、百匁くらいまで行くのではないか」

今朝まで弱気だった植村が、調子のよいことを言い出した。水澤も頷いている。この分なら、行きそうな気が正紀もした。

「いえ、慢心してはいけません。天井値をつけたところで、それに気づかず売り惜しみ、どすんと値が下がって大損をする者も少なくないのです」

「そんなものか」

「はい。売りどきを間違えてはなりません。手にある現物を売り払って、現金を手にしたとき、初めて儲かったと言えます。皆様方は、まだ儲けてはおりません」

「なるほど」

房太郎から、釘を刺された。告げられたことは理解できる。しかしそれでも、喜びは変わらない。どこまで上がるかと、期待も膨らんでゆく。

屋敷に戻ると、早速佐名木や井尻に伝えた。二人の肩から、ふっと力が抜けたのがわかった。不安もあったのだと知った。

「房太郎の申しようは、もっともでござるぞ」

佐名木は、そう言い足した。

正紀は、京にも伝えた。京はまだ寝込んでいたが、安堵の表情を浮かべた。

雨は、翌日には止んでいた。すっきりと晴れてはいないが、正紀と植村は張り切って屋敷を出た。

「おお、またしても上がっておりますぞ」

植村は相好を崩した。顔を引き締めようとしても、笑いが浮かんできてしまうといった様子だった。

通町一丁目の大店は、銀六十一匁をつけていた。六十三匁を付けた店さえあった。一回りして、五十匁台をつけているのは一軒だけだった。それでも五十九匁である。

どの店にも、ざわつきがある。出入りする者の顔に、活気があった。物の値が大きく動くとき、店にはいつもと違う空気が流れるということを正紀は知った。

通常米問屋では、大麦の販売は添え物といっていい。しかし昨日今日は、様相が変わった。

この空気を、房太郎はかぎ出そうとしていたのだと悟った。剣術も日々工夫と稽古を重ねなければ上達をしないが、商いも同じだと身に染みたのである。

京橋の通りを歩いていて、ばったり天満屋の主人と出会った。

「おお、これは井上様」

向こうから近づいてきた。大麦を返せとでも言うのかと思ったが、さすがにそれはなかった。

「売らないで、もう少し持っていればよかった。儲け損ねましたよ」

主人は、苦々し気な笑いを口元に浮かべて言った。

「済まぬことをしたな」

「いえいえ、これが商いというものでございますから」

そう言い残すと、立ち去って行った。数日の違いで、儲ける者と儲け損ねる者が出る。

「商いの顚末には、紙一重で違いが出るのだな」

というのが、正紀の実感だった。

四

さらに四日が過ぎた。曇天と雨が繰り返しあって、天候は不順だった。そんな中で、大麦の値は上がり続けた。

「今日は、一石が銀七十七匁から、八匁をつけていましたね」

「うむ。八十匁を超した店もあったな」

「まったく仰天の日々でございます」

正紀の言葉に、植村が応じている。日本橋や京橋界隈の店を回って、二人は本町の熊井屋で話をしていた。房太郎やおてつが、やり取りを聞いている。

四日のうち、一日だけ、値の変わらない日があった。しかしそれ以外の日は、順調に上がり続けた。

「すごいですな。こんな金の儲け方があるなど、まるで手妻を見せられているようでございまする」

夢ならば覚めないでほしいと、植村は言い足した。

「夢でも、手妻でもありません。米の値動きと比べたら、これまでが安すぎたのです。大麦の値は、当然の動きをしているだけです」

房太郎は、冷静に状況を見ている様子だった。丸眼鏡をかけた、ひ弱な体の変わり者。そうとしか見えなかったへっぴり腰の言葉が、今では重々しく聞こえる。

「いったいどこまで上がるのか」

目を輝かせる植村は、大麦の値が永遠に上がり続けると考えているふしがあった。

しかし翌日は、一気に七、八匁くらい値を下げた。不思議なくらい、どこの店も同じ動きをした。

「こ、これは」

一同は顔色を変えた。そのときは、正紀と植村だけでなく、熊井屋には正広と水澤も顔を見せていた。正広らも、毎日のように大麦の値動きを注視していたのだった。

「たった一日で、大金が逃げ去っていきましたね」

水澤が言った。大きく頷いた植村が続けた。

「すぐにでも売った方が、よろしいのでは」

植村は気持ちがぶれやすい。正広も、その言葉に気持ちが動いた気配があった。

一同は、房太郎に目をやった。

「大麦はすでに、充分な値上がりをしました。今日値が下がったのは、値上がりをこれでよしとして、売ろうとした者が現れたからです」

「そうです」

「とりあえず値上がり分の利を、手にしようとした者がいたわけだな」

「ではこれからも、利ざやを得ようとする者は、売りに出るのではないか」

正広の疑問だが、この問いには一同も頷いた。そうなれば、さらに値が下がるだろうと誰もが考える。

ここで房太郎は、これまでの話とは関わりのないようなことを口にした。

「四月になりながら、肌寒い日が続いています」

植村は、いったい何を言い出すのだという目を向けた。それでも無視はしないで、言葉を返した。

「町の者たちは、今年も凶作になると思うであろう」

「となれば、一石が銀七十匁前後はまだ安いとなります」

「たとえ売ろうとする者がいても、それ以上に買おうとする者が出るというわけだな」

　正広が反応した。

「さようでございます」

なぜそんなに、きっぱりとものが言えるのか。正紀には不思議だった。

その翌日は、前日の反動か、一石の値がどこも八十匁を超える値を付けた。八十四匁を付けた店もあった。

「まだまだ上がるぞ」

　植村は、再び強気の発言をした。

　翌日、もちろんじっとしてはいられない。諸用を手早く済ませると、正紀と植村は屋敷を飛び出した。

　まずは値動きの基準にしている、通町一丁目の大店へ向かう。十数間手前まで来たところで、二人は立ち止まった。

店から出てくる、主従の侍の姿を見かけたからだ。

「あれは正広様と水澤殿では」

植村が声を上げた。

「おお、そうだな」

こちらと同様、値動きが気になってならないのは明らかだ。駆け寄ろうとする植村だったが、正紀は袖を引いて止めた。

「おい見ろ、気になる者がいるぞ」

と告げたのである。

「ええっ」

驚きと不審の声を、植村が上げた。

「あの者に、見覚えがないか」

大店の米問屋とこちらとの間には、少なくない人の姿がある。しかし正紀は、その中の侍の姿に気を留めていた。二十歳前後で、身なりからすると微禄の者と思われた。その顔に、見覚えがあったのである。

問屋を出た正広と水澤が、大通りを南に向かって歩いてゆく。それをつけるように、侍は歩き始めていた。

「あれは、どこかで見かけた者だぞ」

ただ、どこの誰かは分からない。米問屋へ入るのはやめにして、その侍をつけてみることにした。

正広らが次の米問屋へ入ると、侍も歩みを止めてその様子に目をやっている。

「あやつは、正広様をつけていますね」

植村も、何者かは分からない。しかし自信のある顔で言った。

「よし、伝えよう」

正紀と植村は足早に歩いて侍を追い越し、正広らに声をかけ、近くにある汁粉屋へ入ることを勧めた。

いきなりのことで正広らは面食らったらしいが、逆らいはしなかった。出入口に近い飯台に腰を下ろした。

「そなたらをつけている侍がいる。通りの足袋屋の脇にある天水桶の陰に潜んでいる者だ。それとなく目をやって、確かめてもらいたい。悟られぬようにな」

注文をした汁粉を食べながら、さりげなく正広と水澤は目を天水桶の方にやった。

「あれは、当家の藩士です。殿に近い者で、我らの動きを探っていたものと思われま水澤が言った。分担金の二百両を得るために、どのような動きをしているか、正棠はそれを探るために腹心の者を使ったに違いなかった。

「うまくいきそうならば、邪魔をする腹ですね」

怒りを露わにした顔で、植村が言った。

「驚きました。まさかそこまでするとは、思いもしませんでした。以後は、気を付けまする」

正広は言った。

汁粉を食べ終えた四人は、汁粉屋の裏口から外へ出た。下妻藩の藩士をまいたのである。

四人は揃って熊井屋を訪れた。

この日の大麦の値は、昨日とほぼ同じだった。ただ中には、銀八十八匁をつけた店もあった。正紀は下がるかと思ったが、値下がりはしていなかった。

堅調と言っていい。

「まだまだ、上がりますよ」

今の植村は、強気だ。ただこの時点で、目標の値にはなっていた。

「売値と買値は違いますよ」

房太郎は前から言っていた。問屋の店頭で一石につき銀八十七匁をつけているからといって、その値で仕入れるわけではない。しかし八十匁以上で売れるならば、高岡藩も下妻藩も、九十両程度の利益を得られる。分担金を調えることができるのだった。

「どうしたものか」

正紀は、房太郎に問いかけた。この問いかけには、正広も関心を持っている。

「そうですね、九十匁をつけるかもしれません。今の天候を見ていると、今年の収穫も厳しそうですから」

「うむ」

このまま値を上げてくれるなら文句のつけようはない。

「ただ、上がるだけは上がったという気はいたします。確かな利を得ようとなさるならば、売りどきかもしれません」

房太郎は言った。おてつも、横で頷いている。

実は今日の出がけ、正紀は佐名木と京の考えを聞いていた。値動きにもよるが、腹を決めるときだと自分でも考え始めたからだった。

「そろそろ、よろしいのでは」

二人は口を揃えてそう言った。売る時期については、任されていた。

もちろん、さらに稼いでおきたいという気持ちは大きい。藩財政は、逼迫したままだ。

「それと、また下がることがあるかもしれません。またこの数日のような、飛びぬけた値上がりをすることは、もうないと思います」

房太郎が続けた言葉は、もっともだと感じた。いくら値上がりをしても、売って金子を手にしなければ儲かったことにはならないと言われたのは、頭に残っていた。

「売りどきを間違えると、数十両が一日で吹っ飛びますよ」

おてつも口を挟んだ。しかしそれは、脅しには感じなかった。

正紀を含めた四人は、もう一度大麦を商う店を巡った。値札を検めたのではない。奉公人や客が醸し出す店の空気をかいだのである。

昨日まであった興奮が、治まっているように感じた。

「売ろう」

「はい」

正紀の言葉に、正広が応じた。まだ上がるかもしれないという邪念を、押し殺した。

五

では、どこへ売るかという話になる。正紀ら一同は、熊井屋へ戻り、房太郎に決意を伝えた。

「分かりました。でも八十五、六匁では売れませんよ」

正紀の話を聞いた房太郎は答えた。それに異存はない。

「買いそうな店を、教えてもらいたい」

一軒一軒回っては、手間がかかる。また買い叩かれる虞もあった。それは買いのときに体験した。効率よくやらなくてはならない。

在庫が少なくて、まだ値上がりするだろうと踏んでいる主人ならば買うだろうが、そうでなければ吝くなる。商人とはそういうものだ。

房太郎はおてつと相談しながら、次の四つの店の名を挙げた。

神田鍛冶町の米問屋臼田屋
日本橋小舟町の米の小売り美濃屋
日本橋音羽町の雑穀屋春日屋

　八丁堀日比谷町の桔梗屋

水澤が、店の名を紙片に書き留めた。四人が最初に行ったのは、神田鍛冶町の臼田屋である。

　正紀も正広も、身なりは悪くない。商談に応じたのは四十年配の主人だった。慇懃な物腰だったが、油断のならない目つきをしていると感じた。

「三百二十石の大麦を売りたい」

　と正紀が告げた。

「さようで」

　口元の笑みは絶やさぬまま、わずかに考えるふうを見せた。そしてあっさりと、揺るぎのない口調で言った。

「いくらでも買わせていただきましょう。ただ値は、一石につき七十五匁でお願いいたします」

　とんでもない安値だった。こちらが武家なので、足元を見られたのだと察した。これでは話にならない。

　早々に引き上げた。次に行ったのは、小舟町の美濃屋だ。間口四間の、どこの町にもありそうな小売りの米屋だった。

相手をしたのは、二十代半ばといった歳の若旦那である。

「近頃では米だけではなく、大麦も一緒に買っていく客が多いです。大麦の販売量が、だんだん増えてきています」

安価な大麦を、嵩増しに使うのである。百文買いでも、大麦ならば米の倍を手にすることができる。

「一石を八十二匁で買います。二十石でいかがでしょう」

「ううむ」

価格としては、満足のゆくものだ。しかしこの量で売るとなると、相手が多くなって手間取りそうだ。輸送の費えもかかる。できれば一軒で、多くても三、四軒までで済ませたかった。

三軒目は、音羽町の春日屋だ。楓川河岸に近くて、何回か値を確かめに覗いたことがあった。間口五間の大店で、大麦も置いていた。河岸地には、専用の蔵も備えていた。

相手をしたのは、初老の番頭である。抜け目のなさそうな目をしていた。

「大麦を、いかほどお持ちなので」

売りたいと伝えると、まずそこを尋ねてきた。価格はもちろん、買う買わないについても触れなかった。

「三百二十石だ」

場合によっては、二百石程度でもよいと伝えた。

「いえいえ、うちではできるだけ多くほしいのですよ。四百石をまとめていただけるのならば、一石につき銀八十一匁で引き取りましょう」

と言った。あと八十石分、増やしてこいという話だった。

「それはできぬ」

きっぱりと断った。手間のかかる話だし、仕入れる手蔓はどこにもなかった。

「仕方がないな」

上がり框に腰を下ろしていた正紀が、腰を浮かせた。

「まあまあ」

番頭は、ここで手を振った。慌てなさんな、といった顔だった。

「どうでしょう。三百二十石を、一石につき七十四匁では」

最初に行った臼田屋よりも、さらに安値だった。これが本音で、八十一匁など初めから出すつもりはなかったのだと気が付いた。ここでは売値に、八十七匁をつけている。

「一石に七十五匁を出すと言った店があったが、断って出てきた。大麦は、いずれ一石九十匁を超す値をつけるであろうがな」

正紀は立ち上がった。冷ややかな口ぶりになっていると、自分でも分かった。そして「おれは商人のようではないか」とも感じていた。

相手が値をつけてきたということは、三百二十石を買う意思があるからだと受け取っている。大麦は儲けられる商品だと、番頭は踏んでいるのだ。

ならば弱気になる必要はない。剣術と同じだ。弱気になった方が負ける。とはいっても、ごり押しもしない。その兼ね合いだ。

「では、七十六匁でいかがでしょう」

これ以上は、出せませんという顔だった。

するとそこで、腰を下ろしていた正広も立ち上がった。正広にしてみれば、一匁二匁のやり取りに、苛立ち（いらだ）を感じたのかもしれない。

ただ番頭は、それで微かに腰が浮いた。正紀はその様子を見逃さない。剣術の相手ならば、隙を見せたという印象だった。

斬り込むつもりで言った。

「八十匁でどうか。荷は、明日中にこの店先まで届けよう」

　これでだめならば、引き上げるつもりだった。すでに正紀は、身分と名を伝えている。

　番頭は苦々しい顔をしている。しかしこの話を、蹴飛ばそうとしているとは感じなかった。

「井上様は、ま、まことに三百二十石の大麦をお持ちなのでしょうか」

と、問いかけてきた。現物を、本当に持っているのか。その点に、疑念もあるらしかった。

「当家の下屋敷に置いてある。我らと同道し、己の目で確かめてはどうか」

　正紀は勧めた。番頭は腰を上げた。

　楓川から小舟を雇って、本所柳島の高岡藩下屋敷へ出向いた。積み上げられた大麦の俵を、見せたのである。

「おお、これはまさしく」

　一石につき銀八十匁で、明日の引き渡しと決まった。

　手続きを済ませた後、正紀らは深川伊勢崎町の船問屋俵屋へ行った。輸送の荷船を調えなくてはならない。

「またもやずいぶんと、急なお話でございますね」

番頭の常次郎（つねじろう）は、困惑の表情を浮かべた。横十間川から大川を越えて、楓川へ運ぶだけの仕事である。ただ三百二十石という量と、明日中というのが厄介なのだと言った。

大麦を下屋敷へ運び入れたときも、一度では済まなかった。複数の船をやり繰りして運んだのである。

「困りましたなあ」

常次郎は、明日の荷船の動きを記す綴りに目をやりながら呟いた。確実に運航できるのは、夕刻からの三十石船一艘だけだという。

「何とかいたせ。できなければ、高岡河岸への荷船は、他の船問屋を使うぞ」

と脅したのである。

「かしこまりました。他所（よそ）の船も借りましょう」

正紀らを待たせて、常次郎は店を出て行った。そして四半刻ほどして戻ってきた。

「どうだ、調達できるか」

「五艘で、明日の夕方の運びとなります。それでよろしいでしょうか」

これならば、一度の航行で済むと言い足した。

「明日中に済むならば、それでよかろう」

話は決まった。百石船二艘、七十石船一艘、それに三十石と二十石の荷船だという。運べるならば、どんな船でも問題はなかった。細かな打ち合わせを済ませた。

俵屋の店を出たところで、正紀はほっと息をついた。仙台堀の河岸道だ。

「御礼を申し上げる。大麦の件がなかったら、当家は分担の金子を出せませんでした。ご貴殿のおかげでござる」

正広が、改まって礼の言葉を口にした。

「いやいや、互いにできることをしたまでだ」

これですべき用事は、済んだことになる。正紀もほっとしたところだ。植村や水澤は、明日の荷運びの話を楽し気にしていた。

このとき正紀は、ふと何者かに見張られている気がした。朝のうち、正広らをつけていた下妻藩士がいた。汁粉屋へ入って侍をまいたが、その後のことは分からない。その侍のことを思いだし、少しばかり、ぞくっとしたのである。

「おい、ここで何をしているのだ」

と声をかけてきた者がいた。腰に十手を下げた侍が、近づいてきた。

「山野辺ではないか」

正紀は驚いたが、少しほっとしていた。誰かに見張られていると感じたが、それが山野辺だったなら、何の問題もない。

「檀那寺に寄進をする金子の手当てが、ついたところだ」

正紀は、大麦にまつわる売買の話を、かいつまんで説明した。大きな声では話していない。

「なるほど、よかったではないか」

山野辺は我がことのように喜んでくれた。

「ところで、おまえはなぜ、ここに」

正紀は問いかけた。山野辺の受け持ちは、深川ではないはずだった。

「材木が倒れて怪我人が出た一件だがな、まだあの決着がついておらぬ。豊吉という人足が、材木の縄を切ったのは明らかだが、その行方が知れぬのだ」

気になる材木問屋の番頭を探り、豊吉という人足の行方を追っているのだという。

「まあ、しぶとく調べを続けるしかあるまい」

正紀はそう告げて、山野辺と別れた。

六

大麦輸送の当日となった。この日も、夜明け前から雨が降っていた。読経のための仏間に、京が姿を見せた。

ただ顔色はよくない。窶(やつ)れて見えた。

「どうぞ、お気をつけて。無事にお役目を、お果たしなさいませ」

今日の輸送については昨夜伝えていたので、正紀に一言告げたくて、出てきたのだと察した。

大麦は、今日中に春日屋まで届けて、初めて必要な金子を得られる。高岡藩にしてみれば正念場なので、京は無理をしたに違いない。

「抜かりはないぞ。そなたは無理をいたすな。大事なややこを、生んでもらわねばならぬ」

正紀がそう告げると、京は聞こえるか聞こえないかの小さな声で返事をした。

船が出るのは、夕七つ(午後四時)あたりと話し合っている。藩下屋敷から船へ荷を運ぶのは、藩士が行う。楓川の船着き場で人足を待機させて、春日屋の倉庫へ大麦を運び入れる。

この人足の手当ては、井尻が配下に命じてすることになっていた。

雨は幸い、正午過ぎになって止んだ。正紀と佐名木は、本所柳島の高岡藩下屋敷へ移っていた。三百二十石分の麦俵を運ぶのだから、下屋敷詰めの者だけでは足りない。上屋敷からも、家臣を出していた。

下妻藩から顔を出すのは、正広と水澤だけである。正棠らに気づかれては、何をされるか分からない。そこで助勢はあえて入れなかった。

正広と水澤は、つけて来る者に気をつけながら、高岡藩の下屋敷へ入った。

麦俵は、いつでも運び出せるようになっていた。百石船二艘には、それぞれ正紀と正広が乗り込む。七十石船に青山、三十石船に水澤、二十石船には植村が乗り込むことで話がついていた。

夕七つになる少し前、横十間川の河岸に、五艘の荷船が横付けされた。船首は竪川方面へ向いている。船列は前後に百石船、間に七十石船、三十石船、二十石船が入る。

先頭の百石船から、荷積みが始まった。一俵一俵を、井尻が数えた。道には泥濘がある。慣れない重い麦俵を担って、足を滑らせる藩士の姿もあった。

ともあれ五艘の船は、満載になった。俵には、縄をかけた。

「これで二百両の分担金が、そろいますな」

井尻は安堵の表情を浮かべている。佐名木が頷いた。正紀らは、一人ずつ船に乗り込んだ。

ぐらりと船体が揺れて、荷船は船着き場を離れた。佐名木らが、船着き場からこれを見送った。

竪川に出た五艘の荷船は、西へ向かう。雨が続いていたからか、水かさは前に船に乗ったときよりも増していると感じた。

荷船は大川に出た。まだ夕暮れには間があるはずだが、曇天なので川面は薄暗く見えた。水量も多く、流れも激しかった。

船体が、上下左右に揺れる。正紀が乗る百石船の前を行く三十石船と二十石船は、船体が小さい。その分だけ、揺れが大きく見えた。二十石船に乗っている植村は巨漢で膂力こそあるが、船には慣れていない。泳ぎもまるでだめだ。船端にしがみついていた。

二千本の杭を運んだ折の鬼怒川の激流とは比べるべくもないが、ここでは荷を満載にしている。

「慌てるな、慎重にやれっ」

正紀は、船頭や水手に声をかけた。

大川は、緩やかに蛇行をしてゆく。新大橋を過ぎ、永代橋を潜った。このとき船体は、東河岸に寄ってゆく。空は鉛色で、見晴らしがよくない。

目を凝らすと、これから入ってゆく新堀川がようやく見えた。と、そのときである。ぐいぐい近づいてくる、二艘の数人乗りの舟があった。

「あれは」

正紀は声を上げた。二艘の舟に乗っているのは、船頭役を入れても三、四人ずつだ。すべて腰に二刀を差した侍だった。その全員が、顔に布を巻いていた。尋常な者たちではない。

二艘の舟は、先頭や二番目の荷船は相手にしていなかった。激しい流れに揺れる船体を、隊列の三番目を行く三十石船に向けていた。

あっという間に近づいた。侍たちはその間に、腰の刀を抜いている。

「ぶつかるぞ」

正紀は叫んだ。現れた舟は、迷いのない動きをしていた。

まず先に来た舟が、三十石船の横腹に船首をぶつけた。これで大麦を満載にした三十石船は、激しく揺れた。漕いでいた船頭は艪に、同乗をしていた水澤は船端にしがみついた。そうでもしなければ、川面に振り落とされそうだった。

　襲ってきた舟に乗っていた侍たちは、手にある白刃を振り上げた。もう一方の手は船端を摑んでいる。

　ぶつかった直後、勢いの衰えぬ二艘の船は、がりがりと音を立てて船端を擦れさせた。そのたびに、ばさりばさりと水飛沫が絡み合った二艘に襲いかかっている。

「おおっ」

　正紀は、声を上げた。侍たちは身を乗り出し、白刃を振り下ろしたのである。麦俵を縛っていた縄を、斬り裁ったのだ。

　大麦を満載した荷船と襲った船は、船体が激しく揺れている。三十石船の反対側の横腹に、もう一艘の舟が船首を突き込んだ。

　どしんと、鈍い音が聞こえた。大きな波がおそっている。

　船体の均衡が崩れると、満載の荷船はたまらない。乗っている水澤は、どうすることもできなかった。荷船は均衡を保っていられず、左右に激しく揺れた。

　そして積み荷の麦俵が、一気に崩れた。荒れる川面に次々と呑まれてゆく。三十石船が、まるで木の葉のように見えた。

　水澤は俵を手で押さえようとしたが、己の足場さえしっかり確保できていなかった。

「わあっ」

俵と共に、水澤は船からすっ飛ばされた。三十石船は、半ば横転した形になっていた。

「寄せろ、船を寄せろ」

正紀は叫んだ。このままにはしておけない。

「へい」

船頭は、必死で船首を近付けようとする。しかし正紀の船も満載で、動きが鈍くなっている。思うようには近付けない。

その間にも、覆面の侍らが乗る向こうの舟は、植村が乗船する二十石船に標的を変えていた。二十石船は三十石船のすぐ後ろを進んでいた。

植村は、襲撃された三十石船の様子を、間近で見ていた。すでに船に用意していた突棒（つくぼう）を手にしている。

しかし船は、ことのほか揺れた。比べて植村の動きは鈍かった。片手は船端から離せない。その分、動ける範囲が狭まった。

船端と船端が、音を立ててぶつかる。植村はばさりと水をかぶった。覆面の侍たちは、すかさず麦俵を縛る縄を斬り裁った。見図っていたように、もう一艘が船尾に近い船端に船首をぶつけた。

こうなると満載の二十石船は、ひとたまりもなかった。またしても水をかぶり、船体が激しく左右に揺れた。縛(いまし)めを解かれた麦俵が、一斉に崩れた。均衡を失った荷船は、瞬く間に横転した。

崩れた俵が、川面に呑まれてゆく。植村の巨体も、一瞬にして水に呑まれた。

「うわあっ」

という叫び声。手にあった突棒も飛んでいた。

先に水に落ちた水澤は、どうやら水練に長(た)けているらしかった。近くにいた青山が乗る七十石船の船端へ、泳ぎ着いていた。船頭も同様だ。青山らがその体を摑んで引き上げている。

けれども植村は、そうはいかない。水には不慣れで泳げない。激しい流れの中で、両手をばたつかせるばかりだ。

正紀は、船端にある縄に手をかけた。

「やっ」

片端を握り、気合を入れて植村に向けて投げた。麦俵が水に呑まれてゆくのは見るに忍びないが、植村をそのままにはできない。植村の命は、麦俵には代えられなかった。

「摑めっ」

正紀は叫んだ。その声が、聞こえたかどうかは分からない。しかし必死の植村は、その縄を両手で摑んだ。縄は激しく揺れたが、ぴんと一本の棒のようになった。

百石船の水手が、正紀の手助けをした。正紀も水手も、ばさりと水を被っている。船体が上下に揺れると、足に力が入りにくい。

それでも、腕の力は緩めなかった。植村の体を、ようやく百石船の船端に引き寄せることができた。二人がかりで巨体を船上に引き上げた。

正紀は、ぶつかってきた二艘を捜した。憤怒(ふんぬ)が、胸の内を渦巻いている。転覆した三十石と二十石の荷船は、川面に揺れている。荷の麦俵は、跡形もなく姿を消していた。

二艘の敵舟は、新堀川方面にはいない。首を巡らすと、大川の河口、深川方面に船首を向けて、逃げて行くところだった。

「くそっ」

追いかけて、捕えたい気持ちはやまやまだ。しかし満載の荷船では、それは不可能だった。

五十石分が、覆面の侍たちによって川に呑まれた。引き上げる手立てはない。賊たちは、転覆しやすい小型の荷船を狙ったのだと察した。

幸いなことに二百七十石の大麦は、他の三艘の荷船に残っている。

「まずは無事だった大麦を、春日屋まで運ばねばならぬ」

正紀は、目指す新堀川方面に腕を伸ばした。正広と青山の船に、このまま進むと指図をしたのである。水に落ちた船頭も、すでに引き上げていた。

三艘の荷船が、新堀川に入った。やがて楓川に入り、春日屋の前にある船着き場にたどり着いた。春日屋の番頭と、荷運び人足らが待っていた。

正紀は番頭に事情を伝えた。

「とんでもない目に、遭いましたな」

番頭は同情したが、商いは商いである。荷は店まで運んだ上での支払いだから、二百七十石分しか支払われない。襲ってきた賊への怒りはあっても、春日屋への不満はなかった。

「あ、あい済みませぬ。せっかくの大麦を……」

水澤は言葉にならない。体を震わせるばかりだ。しかし水澤や植村を責めるのは、筋違いだ。してやられたのである。

五十石分の大麦は、六十両以上の損失になる。高岡藩も下妻藩も、これで二百両の分担金を揃えられるはずだったが、叶わないことになった。

死人や怪我人が出なかったのが、せめてものことだった。

七

深川猿江にある下妻藩下屋敷の奥座敷の部屋で、建部と正棠は酒を飲んでいる。そろそろ夕暮れどきといっていい刻限だった。

十二畳の二間続きの部屋の畳は新しく、藺草のにおいがした。床の間には狩野派の絵師による花鳥の絵が、軸になって飾られている。床柱は紅木として珍重された本紫檀で、欄間は松竹梅の透かし彫りになっていた。

正棠が月に数度、骨休めにやって来るそうな。庭の手入れも行き届いていて、自慢の場所なのだろう。

屋敷奥にいるのは、正棠の腹心ばかりだから、声を憚る必要はない。歓談を楽しむことができた。建部も勧められて、度々訪ねてきていた。共にひとときを過ごした。

「なるほど、愉快愉快。麦俵の崩れる様を、拙者も見たいところでござったな」

「さよう。正紀と正広の慌てる顔も、見ものであったに違いない」

建部の言葉を、正棠が受けた。建部は正棠から、大麦を運ぶ荷船を腹心の家臣が昨日襲撃し、五十石分の麦俵が川に呑まれた話を聞いた。それで話が盛り上がっている。

「正広と水澤の動きをつけさせたのは、妙案でございました」

「怪しげな動きをしておったからな。一度気づかれて撒かれたらしいが、つけた者は執念深かった。あきらめずに歩いて、捜し出したのは上出来であった。それでやつらの企みを、知ることができたわけだからな」

満足そうに、正棠は頷いた。

「それで、どの程度の損失になったのでござろうか」

「調べさせたところ、六十両以上になるようだ」

「ならば、分担金は作れない」

「そうだ。さぞかし慌てていることであろう」

二人は、空になった盃の酒を注ぎ合う。建部が持参した、灘の下り物である。

「二百両が一両でも欠けたならば、お役目は果たせなかったことになりますな」

「いかにも。正広も正紀も、ようやく世子の座から引きずり降ろすことができる」

「そうなれば下妻藩の世子の座には正建様が就かれる。まだ十二歳だが、英明の誉れが高いではござらぬか」

「いやいや。大伯父として、そこもとの血も流れておる。後ろ盾になってもらわねばなるまい。そもそも、寺の改築に絡めて、正広と正紀をしくじらせようと企んだのは、そなたの方が先であった」

正棠は、にんまりと笑った。

「何を申される。正棠様の方こそ、それがしよりも乗り気になられたではござらぬか」

「それはそうだ。本堂の改築となれば、大きな金が動くことになるからな」

藩主とはいっても、一万石の小藩である。藩内では暴君として振る舞っているが、浜松藩の当主のようなわけにはいかない。正棠が浪費家であることは、建部も分かっていた。

本堂の改築では、多額の金子に関わることになる。正棠が黙って見ているわけがない。

「ささ、進まれよ」

盃の酒が、どちらもすぐに空になる。今夜の酒は、二人にとってうまい酒だった。

「だが改築の旨味は、そこもとも同じでござろう」

建部にしても、袖の下を手に入れているではないかと正棠は告げていた。否定はしない。そのために寺侍の塚原をなびかせた。近づいてきた、材木問屋の話にも耳を傾けた。

「二百両が調わぬということで、正広と正紀を世子の座から引きずり降ろす。だがな、狙いはそれだけではないぞ」

正棠は酔うと、顔色が赤黒くなる。口の端に、嗤いが浮かんでいる。

「はて、何でござろうか」

「佐名木と竹内も、重職から外す。分担金を調えられぬのならば、当然であろう」

盃の酒を、一気に飲み干して言った。

「妙案ですな。竹内はいようがいまいが変わりないが、佐名木は面倒ですな。あやつは我らに与しない」

「そういうことだ。それで足りない分担金についてだが、下妻藩の分はわしが出そう。それはかねて申したとおりだ」

正棠は、瀟洒な室内の造りに目をやった。下屋敷の一室でありなら、これだけの手間と金子をかけられたのは、正棠が実父である先々代浜松藩主正経に寵愛されていたからだ。

はっきりとした額を建部は摑んでいないが、正棠は数百両の持参金を正経から受け取っている。下妻藩には伝えられない金子だ。だから正棠は、こうした私室のために金をかけることができた。

今度も、その金を使う。しかしその出費は、寺の改築に関わる材木問屋からの賂(まいない)で埋めることができる。

「この赤狸(あかだぬき)、なかなかの食わせ物だ」

と建部は思う。手持ちの金は減らさず、邪魔者を葬る手立てを編み出した。傲岸な質の頑固者だが、まだまだ使い道のある男だと感じる。

「そこで正紀と佐名木を退けた後、高岡藩の分担金の不足分は、浜松藩で出していただこう。恩に着せた上で、新たな世子をこちらで選べばよい」

正棠は赤黒い悪相を前に突き出した。

「もっともな話ですな。正紀と佐名木をこのままにしておけば、井上一門に災いをなすのは間違いない」

建部にしても、佐名木の存在は捨て置けないと考えている。

「これで尾張徳川家との関わりを、一気に薄めることができるぞ」

正棠が応じた。盃の酒を飲みほした建部は、この言葉に続けた。

「あやつがお飾りの世子になるのならば、まだ我慢ができるところでござる。しかし堤普請や高岡河岸のやりようを見ていると、そうではない」

「うむ」

「潰すならば、早いうちでなくてはなりますまい。事を成し遂げ、一門の中で堅固な足場を築かれては面倒ですからな」

「いかにも。あの者を通して、尾張徳川家が井上家を呑み込んでしまうことになるやもしれぬ」

「そのようなことは、させるわけにはまいりませぬ」

この話になって、うまかった酒がにわかに苦くなった。建部は言葉を続けた。

「園田次五郎兵衛や頼母は、あやつのために腹を切る羽目に陥った。二つの園田家は、井上一門の中では名家でござった」

「それを新参者に潰された。思い出すだけで、腸（はらわた）が煮えくり返るぞ」

建部は自分の顔が赤くなっているのが、見えなくても分かった。だがそれは、酔ったからだけではない。

怒りと憎しみもあるからだ。

「芽生えた蕾（つぼみ）は、摘み取らなくてはなりますまい。場合によっては、枝ごと斬り落とさねばならぬやもしれませぬ」

「此度(こたび)は、その千載一遇(せんざいいちぐう)の機会といっていい。しくじりをおかした正紀の後釜となれば、尾張徳川家は口出しができぬ」

二人は新たな酒を注ぎ合って、共に飲み干した。

第五章　お上の触れ

一

　転覆した二艘の船は荷を失いこそしたが、使い物にならなくなったわけではなかった。その日のうちに、引き揚げられて俵屋が引き取った。正紀らに賠償を求める話にはならなかった。

　武家同士による出来事だから、町奉行所には届け出ない。

　正紀と正広は春日屋から二百七十石分の代金を受け取り、折半した。商いはこれで終わったが、気持ちは治まっていなかった。

「あいつらは、何者だ」

　まず考えたのは、それだった。

「許せぬ。とんでもないやつらだ」

一つ間違えれば命を失うところだった植村は、大麦を失って己を責めた。しかし卑怯なやり口に、憤ってもいた。

川の水をたっぷり飲まされた。船に引き上げられた後で、しばらくげえげえやっていた。

「あの賊の中に、体つき、着物の柄からして、下妻藩の者ではないかと思われる者が幾人もありました。殿様の息のかかった連中でございます」

水澤が言った。断定はできないが、間違いはないと付け足した。これには正広も、頷いていた。

「こちらの動きに、気づいていたわけだな」

正紀が応じた。昨日俵屋を出たとき、何者かに見張られていると感じた。しかし山野辺に声掛けされたので、深く気にも留めなかった。

しかし気のせいではなく、正棠の手の者が見張っていたのではないかと思い直した。

「いかにも。あのときは、一度は追っ手を撒いた。しかしあの後、売り手を探して町を歩いた。そのとき、再び見つけられたのかもしれませぬ」

「なるほど。見失った者はおめおめとは引き下がらず、気を入れて捜していたのであろう」

正広の言葉に、正紀は頷いた。

こちらは、大麦の売り先を探すのに精いっぱいで、つけているかもしれない者に気を配るゆとりはなかった。どこからつけられていたかは見当もつかないが、俵屋までついてこられたのだと察した。

「俵屋の誰かに、我らの用件を尋ねれば、高岡藩下屋敷からの荷だと知るのは、難しくはなさそうです」

水澤も言った。

荷の種類も、どのような船で運ぶかも、聞き出したのかもしれない。俵屋の者は、やつらに邪な企みがあるなどとは考えもしなかっただろう。

正紀は、あえてそれ以上のことは口にしなかった。しかし怒りや恨みで、体が震えるのを抑えきれなかった。

得た金子を懐に、正紀は正広らと別れ、高岡藩上屋敷へ戻った。

屋敷には、先に青山を戻らせて、佐名木には一報を伝えていた。正紀は御座所で顔を合わせて、詳細を伝えた。

「見張っていた者の知らせを受けて、正棠様が企んだのでしょう」

聞き終えた佐名木は、当然のような顔で言った。

「正広殿にしくじらせ、二百両を作らせぬ腹だったわけだな」

「それだけではございませぬ。当家にも、金を作らせぬつもりでございましょう」

「おれも、世子の座から引き下ろすためだな」

これについては、前にも話をした。

「正広殿にしくじりをさせ、世子の座から引き下ろすという企みは分かる。しかしその後、下妻藩は分担の金子をどう工面するつもりなのか。金子が調わねば、藩の面目は潰れることになる」

それは正棠にしてみれば、耐えがたい話だろう。正紀はこのことが、ずっと気になっているので、再び佐名木に尋ねた。

隠し金があるのではないかと、考えたこともあった。

「それがしも考えたのですが、浜松藩あるいは、建部殿あたりが出すのではないでしょうか」

絶対の自信があっての言葉ではなさそうだ。しかし何の根拠もなければ、佐名木は口にするような者ではなかった。

正紀は次の言葉を待った。

「正広殿を世子の座から降ろしたいのは正棠様だけではなく、建部殿も同じでございますからな」

八重樫からも同じ話を聞いた。佐名木は続けた。

「お紋の方様が生んだ正建様が藩主の座につけば、建部殿は下妻藩を牛耳ることができるでしょう」

「その下心があるから、正広殿を退かせた後で、建部は正棠様に金を出すわけだな」

「褒美(ほうび)、といったところでございましょうか」

「しかしそんな金があるのか。今でも、三十両が足りぬのだぞ」

正紀の問いかけを受けた佐名木は、咳ばらいを一つした。

「浄心寺の普請には、千二百両もの金子が動くのでござりまするぞ」

「なるほど」

期限までに金を作れず、しくじりをしでかした正紀と正広は奉行役を解かれる。総指揮を執るのは、建部に他ならない。その程度の金は何とでもするだろうと、佐名木は伝えていた。

その後正紀は、京の部屋へ行った。輸送の顚末を伝えなくてはならないし、体の具合も気になっていた。

京は、朝と比べると顔色もよくなっている。辛そうにも感じなかった。正紀はそれで、胸を撫で下ろした。

「さようですか、思いがけぬ顚末でございましたな。正棠さまも、酷いことをなさいます」

話を聞いて、京も腹を立てたらしかった。そのまま言葉を続けた。佐名木と同じように、指図をしたのは正棠だと考えたらしかった。

「それでも、二藩合わせてあと六十両というところまで、いったのではないですか」

と慰めてくれた。菩提寺の改築話を聞いたときは、余分な金子は一両もなかった。それがようやく、ここまできたのである。

大麦を買ったことは、結果として持ち金を増やした。ただ分担金について、片が付いたわけではなかった。すでに四月も、下旬になっている。

残りの金子を、何とかしなくてはならなかった。

ただ寄進を募るのには限界がある。妙案がないかとしきりに頭を捻るが、これといえるものは何も浮かばなかった。

翌日正紀は、房太郎を訪ねてみることにした。大麦のように、売買でうまく利を得られるような商品が、そうあるとは思われない。しかし何か手立てがないか、意見を聞いてみようと考えたのである。

熊井屋の前まで行くと、今日もおてつが斜め前の薬種屋の者と話をしていた。相手は番頭らしい中年の者で、込み入った話をしているらしかった。

二、三間の距離にいたが、おてつは正紀には気が付かない様子だった。

店に入ると、房太郎は留守だった。主人の房右衛門によると、今日は京橋の南に連なる町へ行っているらしい。変わり者でも、勤勉ではある。

薄曇りの一日だ。ここ数日では、天気はましな方だといってよかった。さっそく正紀は、そちらに足を向けた。

京橋の南界隈とはいっても、どこまでと区切りがあるわけではないし、何に関心を持って歩いているのか見当もつかない相手だ。

四半刻近く歩いて、ようやく丸眼鏡をかけたひ弱そうな男が、帳面と筆を持って薬種屋の前にいるのに気が付いた。商品の値に気持ちが向いていて、それを書き写すことにしか関心がないらしかった。

商品を選びにきた客にしてみれば邪魔だろうし、店にとっては厄介な存在でしかない。やくざ者と体でもぶつかれば、また殴られる羽目になる。

しかしそんなことよりも、房太郎にしてみれば、目の前にある商品の値が気になるらしかった。

「おい」

と正紀は声をかける。すぐには返答をしない。袖を引いて、ようやく気が付いた。

「ああ、井上様」

と応じたが、手の動きは値を記載し終えるまで止まらなかった。

手が止まったところで、正紀は房太郎の袖を引いて、薬種屋の前から離れた。まずは大麦の売買が済んだこと、そして賊に遭って五十石を川に沈められたことを伝えた。

「それは、災難でございましたねえ」

一応はそう言ったが、さして同情をしているようには感じなかった。口先だけの言葉で、いかにも房太郎らしい。この男が関心を持っているのは、物の値動きだけだ。

周辺を見回すと、汁粉屋があるのに気が付いた。馳走してやると告げると、甘い物には目がないらしくついてきた。

汁粉を食べさせながら、正紀は懸案の問いかけをした。

「失った三十両を、何かで取り返したいのだが、手立てはないか。そうそう大麦のようにうまくいく話はないであろうが」

房太郎は、齧った餅をごくんと呑み込んでから、少し考えるふうを見せた。そして正紀を見据えた。

今までとは、向けてくる眼差しが微妙に違うと感じた。

「お手伝いはいたします。ただ、うまくいった場合には、二割の分け前を頂戴いたします」

大麦のときは、二度に亘って危ないところを助けられた、その礼のつもりだったが、次は違うと口にしたのである。これは情ではなく、商人として発言をしていた。

「うむ。それはそうであろう」

正紀は、房太郎の言葉に納得した。房太郎は、商人として物の値動きについて関心を持ち、詳細な調べをしていた。誰かのためではない。両替商としての、己の利益のためにである。

商人として、当然の姿勢だ。その得た情報や知識を利用して金銭を得るのならば、相応の分け前を寄こせというのは強欲ではない。成功報酬という点にも、潔さを感じた。

「異存はないぞ」

と応諾した。ただこれは、あくまでも妙案があってのことである。いくら房太郎が太鼓判を捺してこようと、金を出すのはこちらだ。得心が行かなければ、話には乗らない。

「明日まで、考えさせていただきます。その上で、お屋敷へ伺います」

房太郎は返答をした。

二

翌朝も、雨だった。風もあって、季節が間違っているのではないかと思われるほど、寒かった。読経に現れた京の顔色も、よくなかった。

昨日はまずまずの顔色でほっとしたが、今朝は青白い。睡眠も、きちんととれていないのではないか。

「大丈夫か。無理をしてはならぬ」

正紀は思わず、手を取った。

平熱ではない。明らかに熱があった。

のんびりの和も、案じ顔をした。常とは様子が違うと、感じたのかもしれない。

「腹にいるのは、当家の大事な跡取りだ。万一のことがあっては取り返しがつかぬゆえ、すぐに休むがよい」

京の身を案じて、正紀は言った。京は瞬間、どきりとしたような弱気な表情を見せた。しかしすぐに、顔を引き締めた。

「分かっております る」

と応じた。読経が済むと、早々に部屋へ引き上げた。

その後ろ姿を目にしながら、ふと正紀は思った。京の体調不良の原因は、つわりだけなのか、という点である。ただ京には、藩医も産婆もついている。正紀がどう口を出せばよいのか、見当もつかなかった。

正午近くになって、房太郎が高岡藩上屋敷へ訪ねてきた。すぐに、佐名木を含めた三人で会うことにした。

「お大名様のお屋敷に入るのは、初めてです」

物怖じしない房太郎だが、多少は緊張しているようだ。正紀の顔を見て、ほっとしたらしかった。

佐名木には、丁寧な挨拶をした。そして懸案について、口を開いた。

「昨年、一昨年の飢饉や凶作によって、物の値が上がっております。それゆえ、江戸に入る品に、偏り（かたよ）が出ております」

東北や下野、常陸の国では、米の出来が極めて悪いが、それだけではない。様々な産物の出来も悪かった。米の出来が悪ければ、酒も造れない。またその分、麦や雑穀が余分にできるわけでもなかった。しかし暮らしに必要な品ならば、得なくてはならない。

「そこでどうしても、物品は大坂など西国からの下り物に頼ることになります」

「いかにも、そうなるだろうな」

これは正紀にも、想像がつく。

「天下の台所である大坂では、商いは銀で行われます。江戸から仕入れる問屋は、支払いを銀ですることになります。ゆえにこれまで以上に銀が入用になり、その値が上がっております」

三貨のうち、銀に比べて、金（小判）と銭の交換比率が下がっているという話だった。通常銀六十匁は、銭四千文で交換される。しかし今は銀が値上がりして、銀六十匁と取り替えるには銭は六千文以上必要だという話だった。

「銀は銭に対して、五割増しの相場になっているわけだな」

「そういうことです」

「しかしそれは今のうちのことで、いずれ相場は戻るのであろう」

「通常ならば、そうなります」

「ならば、銭を今のうちに手に入れておく、という話だな」

房太郎の言っていることが、少し分かってきた。金銀銭の三貨が、世の中の事情でそんなに価値が変わるなど、これまでの暮らしでは想像もしなかった。

「そういうことですが、銀の相場は黙っていては下がりません」

大麦のように、すぐに値動きがあるのではないと言いたいらしかった。房太郎は、そのまま続けた。

「東北や下野、常陸が豊作になれば別ですが、今の空模様を見てそうなるとは、誰も考えません」

「もちろんだ」

「ならば西国からの下り物は、欠かせぬものとなり、銀の相場はますます上がることになります」

「銀を買うわけか」

「そうではありません。銀はすでに、充分高いのです」

「ならばどうすればよいのか」

正紀は、房太郎の話に苛立ちを感じた。銀や銭の相場の話を持ってきたのには違いないが、まだ核心に至らない。

房太郎は、ここで大きく息を吐いた。目の前にある茶を、ごくりと飲み、それから口を開いた。

「十組問屋をご存知でしょうか」

「西国からの下り物を仕入れる者たちだな」

前に、おてつから話を聞いた。

「その者たちは、銀の急な値上がりに、頭を痛めています」

「仕入れ値が上がるからだな」

佐名木が、言葉を挟んだ。小売りの売買は銭で行われる。儲けた銭を高値の銀に替えるとき、その利益は吹っ飛んでしまう。

「そこで十組問屋は、お上に対して銀相場を引き下げて、銭の相場を高くするお触れを出して貰う嘆願（たんがん）をしようとしています」

この情報は、おてつが熊井屋の斜め前にある薬種問屋玉井屋から聞き込んだ。玉井屋の主人は、十組問屋薬種店組の当番行事を務めていた。

玉井屋の奉公人たちと昵懇にしているおてつだからこそ、耳にできた話である。

「お上の触れ一つで、貨幣の両替比率を変えることができるのか」

これは驚きだ。正紀には、想像も及ばないことだ。

「例えば銀六十匁を、銭五千文以上で換えてはならぬというお触れです。三貨の極端な交換比率のずれを正すことは、お上の役目でもあるわけですから」

「ううむ」

「そうでなくても、銀の相場は銭の相場に比して上がりすぎています。十組問屋は、通常の四千文にしてくれと、申し出ることでしょう」

「十組問屋にしてみれば、大助かりだな」

「はい。これで物の値が上がることも、抑えられるはずです。銭の価値が、上がるわけですから」

「なるほど」

ようやく、納得できた。一両を銀六十匁で替えるとするなら、という条件で房太郎は付け足した。

「一両を今の銭の値六千文で交換します。それが十組問屋の嘆願によって、一両が銭四千文まで値上がりしたところで一両を買い戻せば、十両が十五両になります」

これが銭相場だとの、房太郎の説明だ。銀と銭に比べて、金（小判）の相場は安定している。武家使いの金は、日々の商いとの関わりが少ないからか。

「六十両分の銭を買えば九十両になり、利ざやは三十両になるな」

正紀は、分担金に足りない金子のことを考えて口にした。

「熊井屋が、利の二割をいただきます。また一両六千文が、必ず四千文になるとは限りません。八十両の方が、よろしかろうと存じます」

己の取り分について、房太郎は忘れない。

「うむ。だが、嘆願は通るのか」

通らなければ、この話は成立しない。絵に描かれた餅を、眺めたに過ぎなかった。

「分かりません。十組問屋の各行事が嘆願する相手は、勘定奉行の久世広民様で、その腹次第かと」

十組問屋では、毎年多額の冥加金をお上に払っている。嘆願が通る可能性は高いが、絶対ではないと房太郎は言った。

「通らせたいな」

「はい。触れが出ることが明らかになれば、数日のうちに銭の値は大麦以上の勢いで上がるでしょう」

房太郎は胸を張り、そして続けた。

「十組問屋の各行事が揃って嘆願することは、まだ公にはなっていません。うちの婆さんだから、薬種問屋の玉井屋から聞き出すことができました」

そういえばおてつは、玉井屋の番頭と話し込んでいた。房太郎は、熊井屋だからこそ得られた情報だと言いたいらしかった。

「そうか。勘定奉行は、久世殿であったな」

正紀は呟いた。久世広民とは、伯父である徳川宗勝を尾張藩上屋敷に訪ねた折に会っていた。

この四月になってからである。

宗勝のもとへ、老中首座となることが決まった松平定信が訪ねてきた。これに同道する形で、久世が姿を見せたのである。定信の片腕として、幕政に関わる。そのための抱負を話していた。

その折久世は、正紀にも声掛けをしてきた。高岡河岸の利用について、正紀の働きを評価したのである。

「よし。各行事が嘆願をする前に、おれが久世殿に会って一押ししよう」

話に乗るつもりでいるから、そのためには何でもするつもりだった。

「それができるならば、何よりです」

房太郎は、目を輝かせた。

「では、八十両でどうだろうか」

正紀は佐名木に目をやる。腹は決まっていたが、佐名木を無視して事は進められない。

「それでよろしいと存ずる」

他に手立てはない。これで話はついた。一つだけ気になることがあったので、尋ねた。

「買った銭は、現物を持ち帰るのか」

銭が八十両分となると、とんでもない重さになる。大麦のこともあるので、輸送に不安があった。

「預かり証でよろしければ、熊井屋が出します」

房太郎は、信じるしかない相手だと思っている。それで異存はなかった。

三

この話は、青山を使って下妻藩の正広にも伝えた。話に乗りたいという返答が、すぐに伝えられた。同額の金高だ。

高岡藩では、井尻が八十両を藩庫から出した。銭貨を買うならば、一両分が六千文のうちにという房太郎の言葉に従っている。

ただ下妻藩では、多少手間取った。銭貨を買うことに、勘定頭の八重樫は反対しなかった。ただ大麦の一件があったので、慎重に事を進めたのである。

勘定方には、正棠の腹心もいることを配慮した。出金によって、大麦のときのように邪魔が入っては面白くない。正紀にしても正広にしても、資金を得られる最後の手段だと考えているから、慎重にやらなくてはと考えていた。

これに並行して、久世への面談を求めた。

勘定奉行という役職が、きわめて多忙なのは分かっている。あくまでも私（わたくし）の用事での面会だから、無理強い（むりじい）はできない。ただできるだけ早く会えるように図ってもらいたいと頼んだ。

たとえ大名でも、一万石では勘定奉行に会うのは手間がかかる。ただ正紀が尾張一門の出であること、また初対面ではないことなどもあって、明後日の夕方ならばという返答を受け取った。

「これでも、特別な計らいですぞ」

佐名木はそう言った。

下妻藩の金子が持ち出せたのは、夕暮れどきになってからだった。正紀は植村を、正広は水澤を供なって熊井屋へ行った。四人の後を、やや離れたところから青山がつける。

不審者がいないか、念を入れたのである。

熊井屋はすでに店の戸は閉めていたが、戸の隙間から明かりが漏れていた。おてつは留守だったが、房太郎と房右衛門が訪れを待っていた。

房太郎は、すでに銭貨の仕入れを行っていた。高岡藩と下妻藩で合わせて百六十両分である。

「一両、六千文から六千二十文の間で銭貨を手に入れることができました」

早速、房太郎は報告をした。平均すると一両につき六千十六文だった。

「うむ」

正紀と正広は頷いた。満足のゆく数字である。金子を渡し、預かり証を受け取った。

そこへ、外出していたおてつが戻ってきた。

「十組問屋の各行事たちが、勘定奉行所へ行く日が分かったよ。明後日の正午過ぎだそうな」

おてつは玉井屋で聞き込んできた。

「そうか」

久世と会うのは、その日の夕刻である。これでは間に合わない。幕府の決定は、一度決めてしまうと変えるのは不可能に近い。

「どうしたものか」

思案したが、できる手立ては一つだけだった。

「玉井屋の主人清兵衛殿に会いたい」

おてつに口利きを頼んだ。

高岡藩の世子であることを伝えての話だから、すぐに清兵衛に会えた。正紀は正広と共に、奥の部屋へ通された。

清兵衛は五十三歳で、いかにも大店の主人といった堂々とした風格を漂わせていた。大名家の世子ということで、下手に出た対応をしている。しかしいきなり何をしに来たのかと、いぶかる節が眼差しにあった。

「銀相場の引き下げについて、十組問屋が勘定奉行に嘆願をいたすと聞いた。その中に、おれを入れてほしいという依頼に参った」

嘆願については、おてつから聞いたと告げている。

「なぜ、それをお望みで」

清兵衛は、慎重な眼差しを向けてきた。たとえ大名家の世子であっても、問屋仲間の行動に、事情も知らず加えるわけにはいかないという。

「銀の値を下げ、銭の価値を上げたいと考えている。銀六十匁が銭六千文というのは、高すぎるではないか」

「もっともではございますが、あなた様がご一緒なさると、事が都合よく進むのでございましょうか」

役に立たない者ならば、連れて行く意味はないと目が言っていた。

「おれは、久世広民殿を存じておる。どこまで話が通じるかは分からぬが、話すだけは話したい」

「どこでお目にかかられたので」

「今月の初めに、伯父の屋敷で会った」

「ほう、伯父上様のお屋敷ですか」

正紀は、高岡藩の世子だとは伝えてあったが、それ以外のことは話していなかった。ここでそれまで黙っていた正広が口を開いた。

「大名武鑑で、検められよ」

玉井屋ほどの店ならば、常備しているはずだ。清兵衛は武鑑を奉公人に運ばせた。

「これはこれは、畏れ入りましてございます。井上様は、尾張様のご一門でございましたか」

ならば久世を知っているとしても、おかしくはないと悟ったらしかった。正紀は十組問屋の嘆願に、同道することになった。

翌々日、正紀は十組問屋の各行事と共に、神田橋御門外にある勘定奉行所へ赴いた。各行事の最後尾について、奉行所内の一室に入った。

現れた久世は、正紀の存在に気づいて、わずかに驚きの表情を見せた。とはいっても、それは一瞬のことだ。

心の動きを、久世は簡単には覗かせない。

十組の総行事でもある塗物店組の行事が、銀相場を引き下げ、銭相場を高直にするように願い出た。ここまで銀が高値になっては、商いができないと訴えたのである。

次に声を発した紙店組の行事も、同じ趣旨の発言をした。十組の全ての願いとして、陳情したのである。

久世は顔色を変えずに、その話を聞いた。そして口を開いた。凜とした、よく通る声だった。

「江戸の十組問屋の都合だけで、銀相場を引き下げることはできまい。銀貨の値上がりは、抑えがたい成り行きであろう」

突き放す言い方に聞こえた。

「冥加金を、増やすということも考えに入れております」

と表店組の行事が言った。これならばどうだ、という響きがあった。ただただ下手に出て、お願いをするだけではない。各組の行事は、海千山千（うみせんやません）の者たちだ。

しかし久世は動じない。

「近く、ご老中首座につかれる松平定信様は、出される金子の多寡（たか）で心を動かす方ではない。それを踏まえなければならぬ。先のご老中とは、違うぞ」

先の老中とは、失脚した田沼意次（たぬまおきつぐ）を指している。田沼は進物を受け取り、冥加金の増額で幕府財政を活発にすることを考えた人物だ。

久世はその違いについて、触れたのである。

各行事は、困惑の様子で顔を見合わせた。反論をする者がいなかった。

「おそれながら」

ここで正紀が声を上げた。久世はもちろん、各行事も顔を向けた。

「新ご老中が目指される政（まつりごと）の第一は、米価騰貴によっておこる諸問題の解決であると存じまする」

先日、尾張藩上屋敷での、徳川宗睦と松平定信とのやりとりを思い起こしながら正紀は口にした。久世はその方針に頷いていた。さらに続けた。

「米価高騰による諸物価の値上がりを止めるには、銭貨の価値を上げなくてはなりませぬ。日々の暮らしに入用な品を求めるのは銭による購入でございまするからな。銀相場の引き下げがなされねば、銭貨はますます価値を失い、物の値は上がるばかりでございましょう」

銀価を下げ銭価を上げることとは、松平定信の方針に適（かな）っていると伝えたのである。

「なるほど、そこもとの申しようは一理ござるな」

久世の表情が、初めと変わっていた。

「はい。まずは物の値を、いかにして下げるかを考えるべきではないかと」

少しばかり、久世は思案するふうを見せた。しかし得心すれば、動きの早い人物らしかった。

「あい分かった。十組問屋のためではなく、民の暮らしのために銀相場を下げる触れを出そう」

十組問屋の各行事たちは、久世の言葉を聞いて深く頭を下げた。

久世は、各行事たちを下がらせ、正紀だけをその場に残した。

「本日、参られる御用というのは、これだったのですな」

「いかにも、ご無礼をいたしました」

ここで会うことになっていたので、取りやめにすると伝えていた。

「尾張屋敷で話したことを覚えておいでだったのは、何よりでございましたぞ」

それがなければ、嘆願は通らなかったと伝えたいらしかった。

「久世殿の、おかげでございまする」

正紀は礼を言った。

奉行所の玄関先へ行くと、各行事たちが正紀を待っていた。

「井上様のご尽力に、御礼を申し上げます」

初めに行事たちに会ったときは、どれもしかつめらしい顔をしていた。その一同にねぎらわれたのは、心地よかった。

その日の夕刻あたりから銭貨と銀貨の値が動き始めた。お上はまだ触れを出していないが、十組問屋の各組から情報が伝わったのである。

「こうなると、動きは早いですよ」

夜になって、房太郎が伝えてきた。

四

次の朝、京は仏間に現れなかった。

「ご気分がすぐれませぬ」

と京付きの侍女紅葉が伝えてきた。腹痛があるらしい。

「見舞うぞ」

正紀はそう告げたが、紅葉は正紀の前で両手をついた。

「何とぞご遠慮を」

紅葉は懇願した。

「ご気分がすぐれませぬ」は、訪問の断りの方便ではなく、実際のことだと伝わってきた。胸が、つんと痛くなった。

「大事にいたすように」

とそんな言伝しかできなかった。腹の子のために、京は痛みや苦しみと闘っている。

晴れない気持ちで、正紀は屋敷を出た。体を動かしていないと、いたたまれない気持ちだった。

正紀が向かった先は、本町の熊井屋である。

「おや、人が出入りをしていますぞ」

店先に目をやって、供をしてきた植村が言った。熊井屋へは何度も顔出しをしているが、複数の客がいるなど、見たことがなかった。

中を覗くと、すでに五人の客がいた。やり取りを聞いていると、すべて銭貨を求める者たちだった。房太郎やおてつが、相手をしていた。

昨日は昼間のうち六千文を超えていた銭が、夕方には五千文台になった。今は、五千七百文前後で両替されていた。用を済ませた客が帰ると、また次の客が現れた。

一両二両だけではなく、五両十両と替えようとする者がいる。しばらくすると、房太郎やおてつは客に頭を下げ始めた。

「もう、うちには銭貨がないんですよ」

「嘘をつけ、あるのに隠しているのではないか」

客は怪しんでいる。ないと言われても、すぐには引き下がらない。

「隠すだなんて、とんでもありません。二、三日のうちに集めますので、そのとき来てくださいまし」

房太郎は言っていた。ひ弱そうな房太郎がまじめな顔で言うと、客は疑わない。しぶとい商人には見えないのが不思議だ。

正紀は植村と共に、他の両替屋の様子を見に行く。江戸市中には、本両替と脇両替の店は合わせて六百店以上あった。

一つか二つの町に一軒の割合で、両替屋があることになる。

「ああ。ここは五千五百文になっていますよ」

店を覗いた植村が言った。

もちろん、お上の触れは出ていない。噂が噂を呼んで、銭貨の値を上げているのである。もともと銭貨は安くなりすぎている。そう考える者も、少なからずいたと考えられた。

大きな店には、数多くの客が集まっている。

「銭貨は、これから上がりそうか」

正紀は両替屋の店の前にいた、お店者ふうに尋ねた。

「十組問屋が願い出て、勘定奉行が頷いたらしい。それが本当かどうかは知らないが、噂を信じる者が多ければ値は上がる。上がる見込みがあるならば、銭を買おうとする者は増えると思います」

という言葉が返ってきた。大麦のときと、同じような空気だ。両替屋の店頭に、ざわつく人の姿が多くなっていた。

「ここは、まだ五千七百文ですぞ」

何軒か回れば、いろいろな店がある。ただ六千文台をつけている店は、一軒もなかった。

市中には、銭の穴を糸で通して百文や三百文、千文などの束にして売り歩く銭緡（ぜにさし）売りがいた。その者に声掛けをしている姿もあった。

一回りした最後の店は、五千三百文になっていた。

藤井屋へ戻ると、ようやく客の姿がなくなっていた。正紀は、見廻ってきた様子を房太郎に伝えた。

「大麦のときよりも、動きが早いですね。これには十組問屋が、絡んでいるからでしょうね」

「十組問屋は、それほど力があるのか」

「問屋仲間は、下り物のあらかたを扱っているわけですからね。これにかかわる者を含めたら、その鼻息一つで、江戸市中の物の値が変わります」

「なるほど」

「ただ、気をつけなくてはいけません。一気に上がるということは、裏を返せば一気に下がるという虞も含んでいます」

「それは怖いな」

「売りどきを間違えると、手に入る金子に大きな違いが出ます」

房太郎は言った。利の二割を得るという約定だから、気合が入っている。

そして翌日は、正広も熊井屋に顔を見せた。この日の銭は、一両が四千文台に値上がりしていた。

「とんでもない勢いですね」

正広は、驚嘆の声を上げた。正紀も仰天している。

「三千文台になりそうですよ」

植村が興奮の声を上げると、水澤が頷いた。

両替屋を巡るにあたって、四人は深編笠を被った。大麦のときに、正棠の配下に見つけられた苦い記憶がある。誰に会うかも分からないので、念を入れた。

「おおむね、四千五百文といったあたりですね」

何軒か回ったところで、正広はほっとした顔で言った。

「両替屋に出入りする人の数が、昨日よりも多いです。急な値動きに、慌てた者もいるのではないでしょうか」

植村が口にした。

熊井屋に戻ると、房太郎が待っていたかのような顔で言った。

「この分ですと、明日には四千文前後になりそうです」

「そうか、ならば三千文台になるな」

「でしょうが、そうなる前に売るべきかと思います」

三千文台になれば、必ず利食いをしようとする者が現れるからだと房太郎は説明した。

「するとどうなる」

「売りと買いが乱れます。ほんのわずかな間でも、五両十両の違いが出ます」

「四千文で売った方が、確実だというわけだな」

「そうです」

そして次の日、銭の値は房太郎の予言通りに、どこも四千文前後の値をつけた。三千九百四十文という店もあった。店先は常にもまして、賑わっていた。

「売りましょう」

顔を合わせると同時に、房太郎は言った。

正紀に異存はない。やや遅れて姿を現した正広も、不満は口にしなかった。

しかし房太郎は、いっぺんには売らなかった。

「銭は、手に入ったかね」

昨日や一昨日に断った客が再び訪ねてきた。

「あいすみません。多少値が上がっていますが、手に入りました」

と言って、四千数十文で売ってゆく。三千文台がある中では、高いとはいえない。
二、三日のうちに集めると房太郎が言っていたわけが、ここで分かった。
「しぶといどころか、あやつはやり手ではないか」

房太郎のやり口を見て、正紀は感心した。

そして夕刻までには、手持ちの銭貨をすべて売り切った。八十両で仕入れた銭貨が、わずか四日で百二十両近くになったのである。

「三千九百文を割った店もありますぞ」

他所の店を見に行った植村が、そう伝えてきた。しかし房太郎は聞く耳を持たなかった。

そして夕暮れどきには反動からか、四千二百文まで戻した店があった。

「これでよい」

正紀は胸を撫で下ろした。房太郎の言葉を信じてはいたが、万一のことを怖れる気持ちがなかったわけではなかった。

熊井屋へ売り上げの二割を与えても、高岡藩と下妻藩は九十両以上を手にすることができた。

「これで分家の役目を、果たすことができたぞ」

正紀と正広は、頷きあった。

「日頃は口にすることもない大麦と、使うこともない銭貨に救われました」

「まったくだ。そして何よりも、大麦があったからこそ、銭の相場に関わることができた」

正広の言葉に、正紀が応じた。

「まさか大麦から、此度のような利が得られるとは考えもしませんでした」

「うむ。麦から零れ落ちるはずのない滴が出てきて、我らはそれをすくい取ることができたのであろう」

二人にとって、世界が広がる出来事だった。

檀家からの勧進は、さして進んではいない。しかし些少の金ならば、そちらへも回せる。分担の金子さえできれば、後はどうにでもなると思われた。

五

正広らとは別れて、正紀は下谷広小路の高岡藩上屋敷へ駆け戻る。誰よりもまず、事の次第を京に伝えたかった。

喜んでくれるだろうと、胸が躍った。

表門を開けさせ、玄関式台へ走り寄った。すると佐名木が、顔を見せた。銭貨の行方が気になっていたのだろうと察した。

「銭はすべて売り、金子は調えたぞ」

これで金銭面での、分家としての役割を果たせる。その喜びと満足も、言葉にこめたつもりだった。

「それは何よりでございました」

佐名木はそう言ったが、少しも嬉しそうではなかった。わずかに迷う風を見せてから、言葉を続けた。

「実は、京様のお腹のお子が、流れましてございます」

「な、なんと」

にわかには、信じられなかった。けれども佐名木の暗澹（あんたん）たる顔が、事実であることを伝えてきていた。胸中にあった喜びと満足は、一瞬のうちに消えた。

さらに気になったのは、京の体だった。この数日の様子を見ていたら、こういうこともあるかもしれないと、気持ちのどこかで感じていた。

「京の身に、異変はないか」

「それは聞きませぬ」

と応じられて、まずはほっとした。生きてさえいてくれれば、という思いがあった。

京の部屋へ急いだ。部屋の前に、平伏した紅葉がいた。入室を断られるかと思ったが、そうではなかった。

「長くはなりませぬように」

普段は気丈な中年女が、目に涙をたたえていた。

紅葉は、いつも京の立場に立って正紀に接していた。それが分かっているから、正紀もその言葉を尊重していた。ただ今日は、自分の言葉で慰めたかった。子を亡くした悲しみを、京と二人だけで分かち合いたかった。

「おれだ」

正紀は声をかけて、襖を開いた。布団が延べてある。

伏せていた京は、起き上がろうとしたらしかった。正紀は駆け寄って、上掛けを手で押さえた。

「そのままでおれ」

京は背中を向けている。顔を向けようとはしなかった。

「お許しくださいませ」

いつにない、弱気な声だった。そのか弱さが、正紀の胸に響いた。

この言葉を告げるために、部屋へ入れたのだと気が付いた。

「何を申すか」

やっと言った。それ以外の言葉は、口から出てこなかった。出せなかった。

京はすすり泣いている。かすれる声で何か言ったが、正紀は聞き取ることができなかった。

耳を近付けた。ようやく聞き取ることができた。

「これで、お引き取りくださいませ」

悲しみを堪えた、精いっぱいの声だと感じた。告げたいことは山ほどあるが、応じる言葉はやはり出てこなかった。

京は一人になりたいのだ。引き上げるしかないと悟った。

「分かった。休むがよい」

正紀は、部屋を出た。

京の無念と悲しみは、想像に難くない。ただ正紀は、己が一緒にいることが、その癒しにはならないということに胸が塞がれていた。気持ちのどこかに、不満もあった。

京は心のすべてを、おれに許してはいなかったのか。とも思った。金子が調った話など、伝える間もなかった。

気が付くと、熊井屋から受け取ってきた金子が、まだ懐に残っていた。玄関式台で佐名木から話を聞いて、慌てて京の部屋へ行った。だから勘定方に渡す機会がなかった。

正紀は勘定方の部屋へ行って、井尻に金子を渡した。

「この度は、ご愁傷様でございました」

金子を受け取った井尻は、悔やみの言葉を口にした。

京は正午過ぎまで異変を伝えることもなく寝ていたらしいが、にわかに藩医が呼ばれた。そして夕方近くになって、赤子が流れたという話が、屋敷内に伝わったという。

懸案だった二百両の分担金が調ったが、藩では手放しに喜べない状況になったのである。

翌朝、読経に姿を見せたのは和だけだった。正紀にしても、京が姿を見せるとは思っていない。

正紀は、おぎゃあと声を上げることもないままにこの世を去った我が子の、冥福を祈った。そして一刻も早い京の快癒を願った。

仏間から出ようとしたとき、和に引き留められた。正紀は、向かい合って座った。

「京は、そなたに申し訳ないと、己を責めておる」

「さようで」

己を責める、という言葉に胸が痛んだ。そういえば昨日部屋へ入ったとき、京はまず「お許しくださいませ」と口にしたことを思い出した。

「そなたは、跡取りを望んでおった。ここでも、申しておったな」

つい先日のことだ。忘れてはいない。

「京の体調は、この数日よくなかった。気づいておったであろう」

「それはもう」

だからずっと、案じていた。

「京はそなたの望みに応えたいと尽力したが、できなかった。そなたに面目が立たぬと感じているに違いない」

「面目など」

正紀はそう口にしてから、どきりとした。

自分としては、京の身を案じていた。しかし口にした言葉は、跡取りのことばかりだった。もちろん、跡取りを望んだことは間違いないが、それだけがすべてではなかった。

男児であっても、女児であっても、無事な出産と、母子（おやこ）の健（すこ）やかな産後を願ったのである。

しかし……。

口にした言葉は、跡取りを望む己の思いを伝えただけだったと、気づいたのである。

京はつわりがあっただけでなく、この数日は体調も悪かった。そんな中でも、大麦や銭貨の相場について、正紀を励ましてきた。熊井屋へかすていらを贈るなどの気遣いもした。

日々、京は正紀に告げず、体の不調と闘っていた。流産の虞を感じて、一人身を震わせていたのではなかったか。

そんな中で、自分が告げたのは、跡取りを望む言葉ばかりだった。京は流産への慮りを口にしようとして、何度もその言葉を飲み込んだのかもしれない。

「何ということだ」

配慮の足りなさと、思いやる気持ちの足りなさを、正紀は痛感したのである。

「京の胸中を、分かってやっていただきたい」

和はそう言った。苦情を告げたのではなかった。しかし正紀の胸には、響いた。

「もちろんでございます」

正紀は深く頭を下げた。

「どうすればいいのか」

と自問する。明確なことは分からない。しかし京の傷ついた心を癒してゆくのは自分だけだ。

「おれたちは、生涯を共にすると誓った夫婦(めおと)だからな」

正紀はそう考えた。

六

山野辺は、材木問屋小佐越屋の番頭伊四郎の動きを探っている。行方不明になっている豊吉に繋がる、唯一の人物だからだ。

手先の一人に、見張らせもした。

伊四郎はあれからも、丸山浄心寺の寺侍塚原伝兵衛と、東両国の小料理屋ひさごで会って酒を飲んでいた。浄心寺は、近く本堂を改築するとは聞いている。

「小佐越屋は、そこへ材木を入れるのか」

その程度のことは考えた。

浄心寺は正紀が婿に入った井上家の菩提寺であることは、耳にしている。分家として、改築のための分担金を出さなくてはならないと、奮闘している様子だった。

「大名家の若殿様も、たいへんだ」

と同情はしていた。ただそれは、正紀自身が己の力で越えていかなくてはならないことだ。助力を求められれば力を貸すが、その要請はきていない。

「おれはおれの、役目を果たすばかりだ」

高積見廻り与力として、高浜屋の材木崩落について、調べを続けなくてはと思っていた。

この日の夕刻も、山野辺は小佐越屋の様子をうかがっていた。そして今日も、伊四郎が店から通りへ姿を現した。仙台堀河岸の道を西へ歩いてゆく。

無駄でもいいと考えてつけて行く。万一にでも豊吉と会うことがあれば、儲けものだ。取り押さえることができたら、ただでは置かない。子どもたちや長屋の者たちに面通しをさせ、材木の縄を切った事情を白状させるつもりだった。

伊四郎は、大川に沿った道を川上に向かう。小名木川や竪川を越えて東両国の広場へ出たときは、居酒屋のひさごへ行くのかと思った。

ここでは浄心寺の寺侍だけでなく、他の材木問屋の番頭や、材木職人の頭などとも酒を飲んでいた。しかし今日は、この前を通りこした。両国橋を西へ渡ったのである。

西の橋袂の広場も、賑やかな盛り場になっている。しかしここもわき目も振らないで通り過ごし、浅草御門を潜って蔵前通りに出た。蔵前通りに出てからは、さして歩かなかった。浅草茅町の小料理屋の前で止まった。

松露という店で、同じ小料理屋といっても、東両国のひさごよりもさらに風情のある店で代金も高そうだった。店先に手入れの行き届いた坪庭がある。その先にある格子戸を開いて、店へ入った。そのとき中が見えた。

「あれは、浄心寺の寺侍ではないか」

まだ混んではいない店の中に、見覚えのある顔があった。塚原伝兵衛だ。伊四郎が頭を下げていた。

「はて」

塚原と飲むだけならば、いつものひさごでいいはずだ。もちろん事情は分からないが、飲み代の高そうなこの店へ来る必要はなさそうだ。

すると待つほどもなく、長身の侍が店に入った。主持ちの侍で、微禄の者とは思えない身なりをしていた。二十歳をやや過ぎた年頃である。

侍が中へ入ると、先に来ていた塚原と伊四郎が頭を下げていた。いつもより店の格を上げたのは、この侍が来るからだと山野辺は察した。

そうなると、誰なのか気になった。とはいえ、豊吉が不明になっていることと関わりがあるとは思えない。

何人かの客が、続けて店に入った。店の中が、賑やかになった。出入りで戸が開くたびに、侍の顔を見た。塚原に劣らない、身ごなしに隙のない腕利きの者と感じた。

半刻ほどで、店から三人が出てきた。中年のおかみが、店の外へ出てきて頭を下げた。用談は済んだらしい。

塚原は、蔵前通りを浅草寺方向へ、伊四郎と侍は浅草橋方向へ歩いた。山野辺は、伊四郎と侍の方をつけて行く。二人は浅草御門を潜って神田川の南に出た。

両国橋西詰めの両国広小路へ出たところで、侍と伊四郎は別れた。伊四郎は橋を東へ渡ってゆく。

山野辺は、侍をつけた。侍は本町通りを歩いてから、浜町河岸へ出た。そのまま南に歩いた。そして立ち止まったのが、大名屋敷の前だった。

門番所へ声をかけると、脇にある潜り戸が中から開かれた。侍はそのまま屋敷へ入った。

「これは、浜松藩の上屋敷ではないか」

山野辺は呟いた。六万石の大名である。

「なんだ」

こうなると、豊吉に縁のある者とはとても考えられない。無駄足をしたと察して、山野辺は引き揚げた。

翌朝、山野辺は北町奉行所へ出仕すると、大川に流れ込む箱崎（はこざき）川に架かる永久（えいきゅう）橋下の杭に、死体が絡んでいるという話を耳にした。定町廻り同心が、駆け出して行ったところだという。

高積見廻り方には関係ない話だが、知らせをうけたという奉行所の小者から一応状況を聞いた。毎日一度は通る道筋だった。

「人足ふうの身なりをした、二十代半ばくらいの歳の男だったそうです。吉原からの朝帰りをした客を乗せた船の船頭が見つけました」

杭に、体が引っ掛かっていたという。まだ薄暗い頃だったとか。

「殺されたのか、過って水に落ちたのか」

「ばっさり、やられていたそうです。下駄のように四角い顔が、恐怖に歪んでいたと聞きました」

「四角い顔だと」

どきりとした。豊吉の似面絵は毎日のように見ている。二十代半ばの歳で、四角張った顔だった。小者は、他のことは知らない。

「これは、直に見てみなくてはなるまいな」

すぐに奉行所を出て、永久橋へ足を向けた。

永久橋は、箱崎川の大川河口近くに架けられた橋である。北河岸が武家地で、南河岸は箱崎町二丁目の端になる。東の先には、新大橋の姿が見える。

明るくなると、日本橋川の河岸に荷を運ぶ船がしきりに行き来する。しかし夜になると、河岸は暗く人気（ひとけ）がなくなる。

死体はすでに、土手に引き上げられていた。町奉行所の役人が、検死を行っている。山野辺もこれに加わることにした。

肩から胸にかけて、ばっさりやられていた。全身は濡れているが、水を飲んだ気配はなかった。

「殺されてから、川に落とされたようですね」

定町廻り同心が言った。

「この顔は」

山野辺は、思わず声を上げた。下駄を彷彿（ほうふつ）させる四角い顔に、鼻緒のような八の字の眉があって、それが苦痛に歪んでいた。

右の唇の下に、ほくろがあった。山野辺は懐から似面絵を取り出して、同心に見せた。

「瓜二つではないか」

「まことに」

同心は、驚きの声を上げた。

山野辺は似面絵の男が豊吉という者で、似面絵にして捜している理由を伝えた。

「この男は、身元が知れるような品を、何も持っていません」

「では仏が何者か、確かめよう」

という話になった。同心にしても、知りたいところだろう。豊吉に似ているとはいっても、似面絵だけでは断定できない。

そこで山野辺は、深川堀川町の豊吉が住んでいた裏長屋へ行った。居合わせた初老と中年の女房を連れて、永久橋まで戻ったのである。

「さあ、顔を見てもらおう」

かけられていた藁筵をどけて、顔を見せた。二人の女房は、恐る恐る顔を近付けた。

「ひいっ」

「これはっ」

二人は悲鳴を上げた。体をぶるぶる震わせながら、大きく頷いた。

「豊吉さんに、間違いありません」

これで死体の身元がはっきりした。

「やったのは、手練れの侍に違いあるまいな」

肩から袈裟に斬られた跡以外に、外傷はなかった。町人ができる殺しではない。夜が明ける前までに、豊吉は殺されたのであろう。

「昨日の夕刻あたりから夜にかけて、このあたりで犯行を見た者や不審者に気が付いた者がいなかったか、聞き込みをいたします」

同心が言った。

「そうしてもらおう」

伊四郎は、この殺害に関わりがあるのか。山野辺は、自分に問いかける。ないとは断言できなかった。ただその事情は、見当もつかない。豊吉は、伊四郎を含む何者かに利用され、邪魔になって殺された。それには武家も、絡んでいる。

そこまではは っきりしていた。どうやら、根の深い事件らしかった。

本作品は書き下ろしです。

ち-01-32

おれは一万石（いちまんごく）
麦の滴（むぎのしずく）

2018年4月15日　第1刷発行

【著者】
千野隆司
ちのたかし

【発行者】
稲垣潔

【発行所】
株式会社双葉社
〒162-8540 東京都新宿区東五軒町3番28号
［電話］03-5261-4818(営業)　03-5261-4840(編集)
www.futabasha.co.jp
(双葉社の書籍・コミックが買えます)

【印刷所】
大日本印刷株式会社

【製本所】
大日本印刷株式会社

【CTP】
株式会社ビーワークス

【表紙・扉絵】南伸坊
【フォーマット・デザイン】日下潤一
【フォーマットデジタル印字】恒和プロセス

ISBN978-4-575-66880-3 C0193
Printed in Japan